旅游诗词赞中华

曹 忠 著

西泠印社出版社

前 言

欣逢国庆70周年，这本以赞颂祖国大好河山为主题的诗词集与广大读者见面了，我感到非常荣幸，我愿把它当作生日礼品，献给我伟大的母亲——祖国，以表赤子之心。

我们的祖国，悠悠五千载历史，披荆斩棘，风雨兼程，今天，终于迈上了康庄大道。一路上，我们的祖先，用他们的聪明智慧和勤劳的双手，创造了辉煌的华夏文明，给我们留下了数不清也看不尽的文物古迹，有不少已被联合国列入《世界遗产名录》，这是我们中华民族的骄傲。

不知是天公作美，还是大自然的恩惠，早在几亿年前，那些秀丽的江河湖海、名山大川，就出现在东方这块古老而又神奇的大地上，给炎黄子孙开辟了世代繁衍生息的巨大空间，而今，它们已成为风光如画的旅游胜地。从喜马拉雅山脉到东海之滨，从辽阔的草原牧场到四季如春的南国天涯，处处都充满着勃勃生机，以其独特的魅力，吸引着五湖四海的宾客。

中华人民共和国成立70年来，特别是改革开放40多年来，祖国发生了翻天覆地的变化，各项事业蓬勃发展，人民生活总体上达到了小康水平。这使我们每个人都有机会沿着祖辈们的足迹，尽情地参观游览，欣赏大自然的美景，探索古代文明的奥秘，品味少数民族的风情，亲身体验革命先驱走过的艰苦历程，既增长了知识，又陶冶了情操。这是时代给予我们的享受。

但我想，有享受就当有回报。基于此，20年前，我便给自己确定了一项任务，即我要把旅途中的所见所闻，以及个人的感受，或以诗颂之，或以词咏之。于是从那时起，我便不知深浅地一头扎进了以名胜古迹、青山秀水、人文地理和民族风情为主题的诗词创作之中。历20余年笔耕，在同事和朋友们的支持鼓励下，经过整理、筛选，共得诗词217首，其中：律诗50首，词167首，内容涵盖了全国32个省、自治区、直辖市，以及香港、澳门2个特别行政区约200余个景点，最后，经出版社同仁们的一番梳妆打扮，就让这个“丑媳妇”出门见“公婆”了。

众所周知，古典诗词是中华民族灿烂文化中的明珠。我们的先辈，在现实生活中，为了抒发他们爱国、爱家、爱人民的情怀，运用这种格式，写下了无数的不朽之作。有的气壮山河，读之使人振奋；有的文若流水，咏之沁人心脾；有的则忧国忧民，看罢催人泪下。少儿学读，终生不忘，世世代代，涓流不息。但是，诗词的结构之严谨，格律之苛刻，又使我辈有望而却步之感，尤其让我这年迈之人，更感力不从心。这期间，因一字之规，反复推敲数日有之；因合其韵律，凝目发呆半晌有之；全部推翻重来，亦不在少数。虽不能说废寝忘食，但长夜无眠却是常有之事。然而，一旦初稿脱手，则又忘却了一切，大概这就是“乐在其中”的滋味吧。

尽管如此，在这200余篇诗词中，肯定还会有很多谬误之处，我将以平和的心态，期待着广大读者的批评与指导，我愿再做一次小学一年级的学生，虚心听取来自各方的意见和建议。

在此，我要向出版社和提供参考资料的作者、编辑朋友们，以及我的同事饶梓仁先生，表示衷心的感谢。

2019 年 8 月

于浙江省杭州市随园嘉树

目 录

辽宁省·辽游随记

吉林省·吉游随记

黑龙江省·黑游随记

上海市·沪游随记

江苏省·苏游随记

浙江省·浙游随记

贵州省 · 黔游随记

云南省 · 滇游随记

西藏自治区 · 藏游随记

陕西省 · 陕游随记

甘肃省 · 陇游随记

青海省 · 青游随记

开篇词

Opening Words

（一）走遍中国

（二）强国梦

沁园春 · 走遍中国

走遍中国，江山如画，四海升平。
览神州大地，路网如织；城市农村，欣欣向荣。
富民强国，几代求索，改革开放指航程①。
三十年，全民达小康②，民族复兴。

东方巨龙飞腾。望三峡，大坝③披彩虹。
引南水北调，西气东送④；长城内外，万山葱茏。
以人为本，科教先行，嫦娥飞奔广寒宫⑤。
新世纪，迈向现代化，再攀高峰。

［注释］

①改革开放指航程：胡锦涛同志在党的十七大报告中指出：1978年，我们党召开具有重大历史意义的十一届三中全会，开启了改革开放历史新时期。事实雄辩地证明，改革开放是决定当代中国命运的关键抉择，是发展中国特色社会主义、实现中华民族伟大复兴的必由之路。

②全民达小康：党的十七大报告中指出：我国经济从一度濒于崩溃的边缘发展到总量跃至世界第四，进出口总额居世界第三，人民生活从温饱不足发展到总体小康，这表明我

国从现在开始，已经进入了全面建设小康社会的新的历史时期。

③三峡大坝：坝址位于湖北省宜昌市三斗坪。三峡工程主要由大坝、水电站、通航建筑物三大部分组成。坝顶全长约 2309 米，坝顶高程 185 米，是当今世界上最大的水利枢纽工程。每当开闸泄洪时，虹霞满天，蔚为壮观。

④南水北调，西气东送：南水北调、西气东输是国家规划实施的两大跨世纪工程，对全国资源合理配置、保护生态环境、发展国民经济和提高人民生活质量，都发挥巨大的作用，是造福子孙万代的伟大创举。

⑤嫦娥飞奔广寒宫：继载人航天飞行成功之后，嫦娥一号发射成功，标志着我国航天技术已经达到世界领先水平，这是贯彻落实科学发展观的丰硕成果。

水调歌头·强国梦

共和国诞辰，六十五周年。
中华民族崛起，令世人惊叹。
嫦娥遨游太空，蛟龙海底探险，敢为天下先。
四化绘宏图，城乡齐发展。

谋改革，惠民生，排万难，
产业升级，奋力攀登高精尖。
勿忘甲午国耻，历史岂能重演，强军重如山。
民族大团结，开创新纪元。

［注释］

在金秋收获的季节里，迎来了共和国诞辰65周年纪念日，全国各地，载歌载舞，欢庆佳节，各条战线，硕果累累，捷报频传。我国在20世纪末，以加入亚太经济合作组织(APEC)为契机，经济在随后的20多年的时间里，进入了堪称奇迹的高速增长时期，国内生产总值（GDP）从1992年的21.69万亿人民币增长到2013年的56.9万亿人民币，一跃成为世界第二大经济体。

与此同时，各条战线，转型升级，一批大型企业跻身于世界500强行列，一大批高精尖产品脱颖而出。中石油实现了跨越发展，中国高铁铺向世界各地，成为全球最大的高铁建造者；中船重工的造船技术，已站在世界海洋科技的前列；中航工业紧跟我国战略转型的需要，实现了我国航空武器装备"井喷式"的发展，以大运、歼-15、直-110等为代表的具有世界先进水平的重大装备横空出世，震撼世界；嫦娥遨游太空、蛟龙深海探险、"天河二号"超级计算机浮点运算速度获世界四连冠……所有这一切，都为我国实现伟大复兴的中国梦奠定了坚实的基础，共和国的每个公民，无不为之振奋自豪。甲午之年，以史以鉴，志在强国，奋勇向前。

北京市 · 京游随记

首都北京，位于华北平原北部，典型的温带大陆性气候，一年四季分明，春、秋是最佳旅游季节。

北京是中国历史文化名城，有 800 多年历史，为我国七大古都之一。走进北京，文物古迹琳琅满目，宫宇殿堂金碧辉煌。周口店遗址、故宫博物院、颐和园、八达岭长城等，均被联合国教科文组织列入《 世界遗产名录 》。

改革开放以来，随着经济、文化和科学技术的发展，一大批现代化标志性建筑拔地而起：首都国际机场、CCTV 总部大楼、设计独特的奥运会游泳中心“水立方”、国家大剧院、中华世纪坛等，无不凝聚着世界科技顶峰的智慧。东、西长安街两侧，摩天大楼鳞次栉比。祖国的“心脏”，伴随着时代的脉搏一起跳动。古都处处洋溢着勃勃生机，吸引着五湖四海的宾客观赏旅游，我们每个炎黄子孙都为您感到自豪。

望海潮·今日北京

今日北京，生机勃勃，洋溢现代风情。
商厦林立，群楼高耸，五环大道畅通①。
空港连天下②，地铁似盘龙③，人如潮涌。
体育场馆④，一座座气势恢宏。

奥运开幕在即，人心已沸腾，只盼东风。
歌舞剧院，故宫长城，处处充满笑声。
古都正年青。天安门广场，鼓乐齐鸣。
国庆之夜，十里烟花映天红。

［注释］

①五环大道畅通：北京公路交通，是由五条环城大道构成的高速交通网络，其中二、三环为全封闭高速，另外还有连通国际机场和八达岭的多条高速路向外延伸，可谓四通八达，畅通无阻。

②空港连天下：首都国际机场，是世界十大空港之一，2007年，旅客吞吐量已超过5000万人次。3号航站楼投入运营后，旅客吞吐量将达到6400万人次，届时，首都机场的吞吐量将进入世界前五名，航班可直达世界160多个国家和地

区。

③地铁似盘龙：北京地铁发展迅速，2008 年前已运营 4 条线路，运营里程达 114 千米，日客运量达 150 万人次。另外，即将运营和正在建设的还有 8 条线路，沿途各站可直接进入繁华闹市区。

④体育场馆：为了迎接 2008 年奥运盛会，北京体育场馆建设飞速发展，目前 31 个世界一流的比赛场馆、45 个独立训练场馆全部竣工。其中，鸟巢体育馆是世界体育设施的精品佳作，为世人瞩目。

沁园春·首都行

华夏之都，文化灿烂，五洲向往。

天安门城楼①，庄严雄伟；故宫②殿宇，金碧辉煌。

古典园林，富丽优雅，亭台楼榭连长廊。

八达岭③，雄踞蓝天下，无限风光。

东方艺术殿堂，走进广场④心潮激荡。

忆“五四”⑤风雷，驱逐列强；民族独立，全国解放。

开国大典⑥，万民欢腾，五星红旗迎风扬。

看今朝，国际大都会，屹立东方。

［注释］

①天安门城楼：始建于明永乐十五年（1417），原名承天门，后被火烧毁。清顺治八年（1651）重建，改称天安门。总高 34.7 米，明、清时期，天安门是帝王颁发诏令的地方。

②故宫：旧称紫禁城。位于北京市中心，建于明永乐四年（1406），1420 年完工。占地 72 万多平方米，是明、清两朝的皇宫，先后有 24 位皇帝在这里登基。

③八达岭：位于北京市西北郊约 60 千米处的延庆区内，海拔 800 余米，八达岭长城是明代长城中最典型、最宏伟的

一段，站在峰巅之上，眺望长城内外，唯见山峦起伏，长城奔腾在崇山峻岭之上，气势极为壮观。

④广场：指天安门广场。位于北京市中心，东西宽约500米，南北长880米，占地面积44万平方米，可容纳100万人集会。

⑤“五四”：指1919年发生在这里的“五四”运动。

⑥开国大典：1949年10月1日，毛泽东主席登上天安门城楼，向全世界庄严宣告：中华人民共和国成立了。毛主席在天安门广场升起了第一面五星红旗。

水调歌头·故宫行

雄伟紫禁城，辉煌金銮殿[①]。
二十四代帝王[②]，两朝五百年[③]。
明末崇祯自缢[④]，晚清太后垂帘[⑤]，光绪被囚监。
叹“戊戌”未果[⑥]，恨顽妇弄权。

列强欺，山河碎，民涂炭。
联军入侵[⑦]，铁蹄踏破御花园。
幸遇“辛亥”成功[⑧]，我党力挽狂澜，华夏有今天。
故宫依旧在，今朝更灿烂。

［注释］

①辉煌金銮殿：太和殿俗称金銮殿，故宫三大殿之一。始建于明永乐十八年（1420），初名奉天殿。现存宫殿为康熙三十四年（1695）重建。

②二十四代帝王：明清两朝有24位皇帝在此登基。其中明朝14位，清朝10位。

③两朝五百年：自明永乐十八年（1420）开始，至清朝1911年灭亡，共491年，其中明朝224年，清朝267年。

④明末崇祯自缢：明朝崇祯十七年（1644），李自成率

农民起义军炮击北京，城外明军纷纷投降，守军开门迎接起义军入城，崇祯帝见大势已去，自己走出皇宫，在景山的一棵槐树下自缢而死。

⑤晚清太后垂帘：自咸丰皇帝死后，慈禧太后篡夺政权，实行垂帘听政，控制清王朝达 48 年之久。

⑥叹“戊戌”未果：光绪二十四年（1898），中国历史上发生了一次资产阶级改良运动，即“戊戌变法”运动。这次运动遭到了以慈禧为代表的顽固派的镇压。变法失败后，光绪皇帝被幽禁。

⑦联军入侵：指 1860 年英法联军、1900 年八国联军入侵我国，进入北京，对故宫、颐和园、圆明园等进行了疯狂的烧杀抢掠，犯下了滔天罪行。

⑧幸遇“辛亥”成功：指 1911 年孙中山领导的辛亥革命，一举成功。1912 年 2 月 12 日，隆裕皇太后被迫在故宫养心殿宣布宣统皇帝退位，从此结束了统治中国长达 2000 多年的封建社会。

永遇乐·颐和园

万寿山前[1]，宫殿楼阁，富丽堂皇。
昆明湖畔[2]，水榭长廊，庭院溢芬芳。
登佛香阁[3]，瞰昆明湖，万顷碧波荡漾。
远山下，长堤垂柳[4]，恰似西湖风光。

一桥飞渡[5]，蓬莱仙岛[6]，盛夏绿荫清凉。
太后祝寿[7]，帝王忧伤，玉澜起高墙[8]。
皇家园林，世界遗产[9]，古今举世无双。
逢盛世，游人如织，天下共享。

［注释］

①万寿山：位于昆明湖北岸，为燕山余脉，高约60米，登上山顶可俯瞰昆明湖全景。

②昆明湖：面积约220万平方米，原为北京西郊的天然湖泊，清乾隆建清漪园时，将其开拓，并取汉武帝在长安开凿昆明池习演水战的故事，取名昆明湖。

③佛香阁：位于万寿山前，高41米，底座高20米，为八面三层四重檐攒尖顶，每层外有廊，中有八根擎天大柱，气势雄伟，是颐和园的标志性建筑。

④长堤垂柳：位于昆明湖西部，是乾隆年间修建清漪园时，仿杭州西湖的苏堤和苏堤桥而建，故名西堤。西堤沿岸遍植垂柳桃树，颇似西湖风光。

⑤一桥飞渡：指连接南湖岛和东堤的一座大石桥，建于乾隆十五年（1750）。此桥全长150米，宽8米，由17个券洞组成。

⑥蓬莱仙岛：位于昆明湖南部水面，亦称蓬莱岛，面积1万多平方米。岛上绿树浓荫，是祭祀龙王祈雨之所。

⑦太后祝寿：慈禧曾在排云殿庆贺她60岁、70岁两次寿辰活动。

⑧玉澜起高墙：玉澜堂位于昆明湖畔，慈禧曾一度将光绪幽禁于此，并在玉澜堂后檐和东西配殿内砌起高墙，使其与外界隔绝。

⑨世界遗产：1998年颐和园被联合国列入《世界遗产名录》。

满江红·纪念抗日战争胜利65周年

七七事变[①]、卢沟桥，民族危亡。
打日寇、全民皆兵，拿起刀枪。
东北抗联[②]洒热血，红军东渡[③]战太行。
平型关、大捷惊天下[④]，威名扬。

游击战，反扫荡；锄汉奸，炸桥梁。
创建根据地，铁壁铜墙。
奋勇抗战血与火，民族独立得解放。
千百万、将士垂青史[⑤]，永不忘。

［注释］

①七七事变：亦称卢沟桥事变。日本帝国主义为了侵占中国，于1937年7月7日晚，炮轰卢沟桥，遭到了中国驻军第二十九军全体官兵的奋勇抵抗，从此，揭开了全面抗战的序幕。

②东北抗联：东北抗日联军，简称“抗联”，是中国共产党领导的东北人民抗日武装。全军最盛时期，曾发展到45000人，独立奋战14年，作战数万次，共歼日伪军20余万人，为抗日战争的胜利作出了重要贡献。

③红军东渡：在第二次国共合作的基础上，根据国共两党达成的协议，1937 年 8 月，红军主力部队改名为国民革命军第八路军，共 6000 余人。改编后，八路军所属各师东渡黄河，开赴华北抗日前线，为抗日战争的胜利，作出了卓越的贡献。

④平型关、大捷惊天下：1937 年 9 月，日军侵战大同后，企图夺取太原，八路军一一五师，决定在平型关设伏。9 月 25 日拂晓，日军板垣师团主力进入伏击圈，八路军遂向敌人猛烈攻击，经激战，歼敌 1000 余人，击毁汽车 100 余辆，取得了全国抗战以来第一次大胜利，鼓舞了全国人民抗战必胜的信心。从此，八路军声威大震。

⑤千百万、将士垂青史：据中国人民抗日战争纪念馆资料统计，抗日战争期间（1931 年 7 月—1945 年 8 月），中国军民共伤亡 3500 余万人，其中，军队伤亡达 380 余万人。

卜算子·望陵兴叹

历时二百载，明建十三陵。
京城郊外风水地，一陵一座峰。

首陵葬朱棣，明末葬崇祯。
金银堆砌帝王墓，血汗铸文明。

［注释］

明十三陵位于北京市西北昌平区境内，伏卧于燕山山麓，陵区总面积达120余平方千米。东、西、北三面，群山耸立。十三陵从1409年始建长陵起，直到1644年明朝灭亡，历经230余年。明代的十六位皇帝有十三位葬在这里，无一处被盗，是当今世界上保存最完整、埋葬皇帝最多的古墓群。

1957年，明神宗朱翊钧的陵墓（定陵）被发掘，出土文物达3000余件，皇室之物，均为明代工艺的最高水平。定陵建期历时6年，役工、工匠达3万余人，耗白银800万两，相当于当时两年的国民经济总收入，其规模仅次于长陵。

天津市·津游随记

天津市位于渤海之滨，海岸线153千米。800多年来，凭借海陆交通发达、海洋资源丰富的优势，逐步形成了南、北方物资集散和商务交流的中心城市。改革开放以来，天津已成为京、津、唐金三角环渤海经济区的重要支柱。尤其滨海新区的崛起，天津大港吞吐量的提升，对于天津来说，更是如虎添翼，它正以崭新的姿态，走向世界。

天津是中国历史文化名城，走进天津市区，琳琅满目的欧式建筑和名人豪宅，随处可见，如有“万国建筑博览会”之誉的和平区五大道洋楼群、西开大教堂、号称“华尔街”的解放北路各大洋行大厦等。另外，还有颇具中国南方风格的广东会馆和天后宫等建筑。这里的每条街道，每一栋楼房名宅，都像一本厚厚的书，默默地向游客诉说着昔日的辉煌，但愿这种魅力与世长存。

沁园春·天津行

今日天津，繁荣祥和，生机盎然。
看海河两岸，花团锦簇；喷泉绿地，碧水蓝天。
津门故里，洋楼公馆[1]，百年沧桑换新颜。
文化街，尝华夏珍品[2]，流连忘返。

漫步水上公园，不是江南胜似江南。
览新区开发，日新月异；亚欧巨商，云集海湾。
天津大港，世界领先[3]，昼夜吞吐五洲船。
齐奋进，奔向现代化，勇往直前。

［注释］

①洋楼公馆：天津市和平区五大道南的各式大小洋楼公馆有数十座，建筑风格有巴洛克式、洛可可式、哥特式等，充分体现了欧美风格，故天津有“万国建筑博览馆”之誉。在每座楼、馆的背后，都有一段沉重的历史故事。

②文化街，尝华夏珍品：在沈阳道有一个大型古玩市场，这里荟萃了历代古玩珍品，琳琅满目，让人爱不释手，流连忘返。

③天津大港，世界领先：天津港地处滨海新区、欧亚大

陆桥东部，是中国第二大港口，有 70 个泊位，其中万吨级泊位 48 个，年吞吐量超过 5000 万吨，拥有现代化国际标准专用码头 4 座，同世界上 160 多个国家和地区有贸易往来。2007 年天津港货物吞吐量达到了 3.1 亿吨，居全球港口第 6 位，集装箱吞吐量突破 700 万标箱，居全球港口第 17 位。

满江红·滨海新区[1]

改革开放，三十年、天津巨变。
谋发展，产业升级，科技领先。
百强外资落新区[2]，五洲巨轮泊港湾。
大开放、融入大市场，天地宽。

金三角，渤海圈[3]；依华北，联中原。
高速路成网，津纳百川。
耕耘投资者热土，构筑创业者摇篮。
看未来，四化展宏图，同心干。

［注释］

①滨海新区：位于天津市东部沿海，规划面积达 2270 平方千米，海岸线 153 千米，是我国最具活力的现代化经济开发区之一。

②百强外资落新区：为了吸引外商投资，新区大力加强投资环境建设，区内建有东疆保税港区、保税物流区、出口加工区及综合保税区等。另外，新区还专门成立了投资服务中心，全天候为国内外投资提供咨询服务。目前，新区已有 15000 多家外资企业落户，其中有世界 500 强企业中的 89 家，

累计实际利用外资达 268 亿美元。

③金三角，渤海圈：滨海新区具有明显的区位优势，腹地辽阔，周围可辐射西北、华北、东北 12 个省市，随着现代化交通网络的建设，一个陆、海、空立体交叉的交通运输网络已经形成，为新区的腾飞插上了翅膀。

卜算子·京东第一峰

久闻盘山美，今在盘山行。
一路胜景松石水，尽在墨画中。

古刹依山建，宝塔耸高空。
历代碑刻千百处，京东第一峰。

［注释］

盘山风景区位于天津市北、蓟州区西北约12千米处，主峰挂月峰，海拔864米，被誉为“京东第一峰”。因其自然形成“上盘之松、中盘之石、下盘之水”的奇特景观而名扬天下。清帝乾隆到此游览后，曾有“早知有盘山，何必下江南”的赞叹。景区内有寺庙70余座，佛塔、行宫多处，历代名人石刻琳琅满目，令游人流连忘返。

河北省 · 冀游随记

河北省位于黄河以北，西依太行，东临渤海，海岸线长达 487 千米。省会石家庄，位于华北平原腹地，石太线横穿东西，京广线纵贯南北，商贸、物流十分发达。

河北省是中华民族始祖黄帝与炎帝化敌为友，共创华夏文明之地，是春秋战国时期燕、赵之疆土。几千年来，悠久的历史沉淀，让名胜古迹遍及全省，举世闻名的万里长城，在河北省境内长达 1200 千米，著名的清东、西陵和避暑山庄，都被联合国列入《世界遗产名录》。另外还有正定四塔、赵州桥等，名胜古迹数不胜数。

在抗日战争期间，河北人民在中国共产党的领导下，积极参与开辟敌后抗日根据地的各项工作，他们组织起地方抗日武装，配合八路军打伏击、反扫荡、除汉奸、炸桥梁，使根据地不断扩大，武装力量不断增强。为了粉碎日寇的“三光”政策，冉庄人民经过精心筹划、艰苦施工，终于在村子的地下，建造了总长度达 15 千米，能攻能守的地道网络。地下四通八达，地上暗藏玄机，敌寇望而却步，河北人民创造了人间奇迹。

三年的解放战争，推翻了蒋家王朝，建立了中华人民共和国。从此，燕赵大地的历史，翻开了崭新的一页。

永遇乐·河北行

燕赵大地[1]，古貌新颜，山河巨变。
沿京津唐，环渤海湾，经济大发展。
长城内外，都市田园，一派生机盎然。
数不尽、名胜古迹，更加辉煌灿烂。

清东西陵[2]，避暑山庄[3]，载入世界遗产。
游秦皇岛[4]，登山海关[5]，咏魏武诗篇[6]。
遥望大海，白帆点点，海鸥翱翔蓝天。
逢盛世，改革开放，换了人间。

［注释］

①燕赵大地：河北省古时为九州之一的冀州，春秋战国时为燕、赵等国地，故有燕赵大地之说。

②清东西陵：清朝是中国最后一个封建王朝，共有五处皇陵。其中三处在辽宁省，即永陵、福陵（又称东陵）、昭陵（又称北陵）。另外两处是河北省遵化市的东陵和易县的西陵。清朝自1644年入关到1912年灭亡，共268年，有10位皇帝分别葬于东陵与西陵。清东、西陵都是全国重点文物保护单位，并被列入《世界遗产名录》。

③避暑山庄：位于承德市北近郊，是清代皇帝夏季避暑和处理政务的场所。始建于康熙四十二年（1703），到乾隆五十七年（1792）竣工，历时 89 年。园林面积 564 万平方米，为北京颐和园的 2 倍。1994 年，避暑山庄被联合国教科文组织列入《世界遗产名录》。

④秦皇岛：位于河北省东北部，曹操北征乌桓、唐太宗李世民东征高丽都曾路过这里，是明、清时期的军事重镇。历代帝王、诗人骚客，在这里赋诗、抒怀，为后人留下众多的文化遗产。

⑤山海关：位于秦皇岛东北约 15 千米处，由明朝开国大将徐达主持修建。地势险要，是东北、华北间的咽喉要冲，历来为兵家必争之地。

⑥魏武诗篇：是指汉建安十二年（207），曹操（后被尊为魏武帝）和乌桓作战，曾经过这一带。曹操的《步出夏门行》组诗中有《观沧海》一章曰："东临碣石，以观东海。……秋风萧瑟，洪波涌起……"咏之令人遐思万千。

七律

石门赞

华北腹地石家庄，商贸物流汇八方。
北纳京津高科技，南融鲁豫大市场。
城市迈向现代化，百姓迅步奔小康。
凯歌高奏“十一五”，而今又谱新篇章。

[注释]

石家庄，旧称“石门”，河北省省会。地处华北平原腹部，是京、津、冀都市圈第三级核心城市，是京广、石太铁路交通枢纽，京广高铁于2012年底全线通车。物流、商贸十分发达，现已基本形成以医药、纺织、化工、电子为主体的工业体系，华北制药集团等6家企业已进入全国500强，2011年全市国内生产总值（GDP）4000亿元。“十二五”规划宏伟，届时，一个经济发达、社会和谐、高度文明的现代化中心城市，将展现在世人面前。

木兰花·天下第一关

万里长城第一关，南临大海北依山。
历代兵家必争地，战乱烽火岁连绵。

遥望城墙千百转，犹似苍龙卧峰峦。
而今中华山河固，雄关内外永平安。

［注释］

天下第一关：山海关因城楼题额“天下第一关”而名扬中外。山海关位于秦皇岛市东北约15千米处，建于明洪武十四年（1381），距今已有600多年的历史，因关口建在山、海之间而得名。登楼眺望，南临渤海，北连燕山，地势十分险要，是东北与华北的咽喉要冲，历来为兵家必争之地。

水调歌头·离宫[1]行

澹泊明志远[2]，山庄亦辉煌。
御题七十二景[3]，盛夏似秋凉。
墙内亭台楼阁，墙外寺庙佛堂[4]，咏经声朗朗。
创康乾盛世，谋兴国安邦。

平叛乱[5]，抗沙俄，巡北疆。
万寿庆典，各族首领拜帝王。
诚待班禅六世[6]，携手同登丹墀，野宴狩猎场。
开千秋基业，当万古流芳。

［注释］

①离宫：承德避暑山庄亦称承德离宫或行宫。

②澹泊明志远：澹泊敬诚殿是行宫的正殿，是清朝皇帝举行庆典，接见各族首领和外国使节的地方。“澹泊”二字，源于《易经》：“不烦不扰，澹泊不失。”康熙皇帝采用“澹泊”二字，用意在于坚定的保持自己远大的政治目标。

③御题七十二景：避暑山庄始建于康熙四十二年（1703），于1708年初步建成。康熙亲自以四字题名了36处胜景。之后乾隆扩建，为不超过其祖父，又以三字题名了36处，共得

72 处胜景。于乾隆五十七年（1792）完工，历时 89 年。

④墙外寺庙佛堂：在山庄周围建有 3 米高，1.5 米厚的围墙，长达 10 千米。在围墙以外的东、北山麓，建有大型寺庙 12 座，其中 8 座寺庙的喇嘛由朝廷派驻，故称外八庙。

⑤平叛乱：康熙二十九年（1690），蒙古首领噶尔丹，在沙皇俄国的支持下，发动了武装叛乱。康熙皇帝亲自率大军，两次深入漠北，最后将其一举歼灭。乾隆二十年（1755）又平定了厄鲁特蒙古准噶尔部首领达瓦齐发动的武装叛乱，进一步巩固了大清帝国的统治地位。

⑥诚待班禅六世：六世班禅为觐见清朝乾隆皇帝，不远万里，率领高僧百余人，于乾隆四十五年（1780）抵达承德。乾隆皇帝为隆重款待班禅六世，仅用一年时间就在承德为其建成了一座占地 3.79 万平方米的须弥福寿之庙，专供班禅居住和讲经。乾隆七十寿辰那天，在澹泊敬诚殿接见了班禅等人，乾隆与班禅携手同登丹墀。班禅向乾隆献七珍八宝，并致祝寿词。乾隆颁给班禅敕封金册和金印，并为他举行了 4 次大型野宴。

七律

游西柏坡

伟人会聚柏坡岭①，运筹帷幄彻夜明。
决胜千里关②内外，巧布百万子弟兵。
“三战”歼敌八百万③，尽在弹指灰烟中。
待到开国大典④时，全民高唱东方红。

［注释］

①柏坡岭：海拔800米，四周群山密林，西柏坡是坐落在山坡下的一个小村庄。1948年5月至1949年3月，中共中央所在地就在这里。西柏坡是党中央和毛主席进入北平、解放全中国的最后一个农村指挥所。毛泽东、刘少奇、周恩来、朱德、任弼时、董必武等老一辈无产阶级革命家，在这里召开了中共中央七届二中全会，组织和指挥了三大战役。

②关：指山海关。

③“三战”歼敌八百万：“三战”指辽沈、平津、淮海三大战役。据中国人民解放军总部《1946年7月至1950年6月战绩总结公报》统计：我军在整个人民解放战争中，先后共消灭国民党正规军554.247万人，非正规军252.888万人，总计歼敌807.135万人。

④开国大典：1949年10月1日，中华人民共和国宣告成立，在天安门广场举行了开国大典。

满江红·秦皇岛之旅

碣石①犹在，越千年，地覆天翻。
秦皇岛②，北方良港，生机盎然。
巨轮穿梭千百艘，昼夜繁忙输能源。
北戴河③，避暑之胜地，金海岸。

游大海，水湛蓝；阳光浴，沙如绵。
旅游者天堂，人间乐园。
不靠神赐靠真理，改革开放我为先。
三十年，迈上强国路，宏图展。

［注释］

①碣石：山名，今在河北省昌黎县境内，北戴河以西，现存碣石山有遗址古迹。秦始皇东巡碣石，曾有渡海求仙、寻找长生不老之药的传说。

②秦皇岛：位于河北省东北部，北依燕山，东临渤海。秦皇岛港是我国最大的能源输出港口，港域深阔，终年不冻，是我国著名的天然良港。

③北戴河：位于秦皇岛市西南15千米处。是我国北方著名的避暑胜地。海滨避暑区西起戴河口，东至鹰角亭，绵延10余千米，南北宽1.5千米，海岸平坦，沙细柔软，海水含盐量高，漂浮力大，为天然的海水浴场。

七律

清东陵游感

慈禧生来擅谋权，垂帘听政手遮天。
卖国求荣山河碎，长城内外起狼烟。
绞杀“维新”六君子，残酷镇压义和团。
生前作孽罪当诛，死后何颜见康乾。

［注释］

慈禧太后（1835—1908），叶赫那拉氏，咸丰帝宠妃。咸丰帝死后，其六岁的儿子载淳即位，慈禧被尊为太后。为谋取政权，她与恭亲王奕訢勾结，发动了“祺祥政变”，处死了载垣、端华、肃顺等大臣，从此控制了清政府，实行“垂帘听政”。在其统治期间，执行了对内镇压，对外妥协投降的路线。19 世纪后半叶，她勾结外国侵略势力，先后镇压了太平天国和义和团农民运动。1898 年 9 月，又伙同荣禄发动政变，囚禁光绪于中南海，以“结党营私，莠言乱政”的罪名，下令逮捕康有为等改良派。于同年 9 月 26 日，未经审讯就将谭嗣同、杨深秀、林旭、杨锐、刘光第、康广仁等 6 人杀害，史称“戊戌政变”。在她统治的近半个世纪里，曾先后指使和批准李鸿章等与外国侵略者签订了《烟台条约》《中法新约》《马关条约》《中俄密约》《辛丑条约》等一系列丧权辱国的不平等条约，使中国逐步陷入半殖民地半封建社会。

山西省·晋游随记

山西省因位于太行山以西而得名，春秋时为晋国，故简称晋，省会太原市。

山西地缘优越，西有古都西安，南邻洛阳、开封，东依古都北京，历代王朝的兴衰，帝王的更迭，都对山西产生深刻的影响，宫廷信息朝发夕至。与此同时，名人奇事层出不穷：尧曾迁都于临汾，临汾也是西汉名将卫青、霍去病的故里；运城是蜀国大将关羽的出生地；李氏父子于太原起兵反隋，开创了大唐近三百年的基业；祖籍在山西文水的武则天，是中国历史上唯一的女皇帝；明朝发生在洪洞的苏三奇案，可谓家喻户晓，人人皆知。据有关资料统计，全省现存国家和省级文物保护单位上千处，辽、金以前的古建筑占全国的 70%，山西省故有“中国古代艺术博物馆”之称。

抗日战争时期，八路军东渡黄河，开赴抗战最前线，创立了晋绥、晋察冀、晋冀鲁豫敌后抗日根据地，发动了震惊中外的平型关战役和百团大战，取得了重大胜利，坚定了全民族抗战必胜的决心。

改革开放后的山西，旅游事业蓬勃发展，山西的大好风光，愿同海内外共享。

水调歌头·三晋行

滔滔黄河水，巍巍太行山。
世代风云变幻，三晋起波澜。
汉武挥师塞北，唐宋兴废太原[①]，战火岁连绵。
奋勇抗日寇，大捷平型关[②]。

举红旗，谱新篇，神州变。
积五千年，三晋古迹如画卷。
北览五台、云冈[③]，南眺壶口奇观[④]，并州展新颜。
昨日多辉煌，今朝更灿烂。

［注释］

①唐宋兴废太原：李渊父子依托太原灭隋兴唐，“太原公子”李世民成就了“贞观之治”。太原进入历史上最辉煌的时期。太原由于重要的战略地位，成为宋王朝的心腹之患。宋太祖、太宗两位皇帝，先后兴全国之兵，历时19年，三打晋阳城，最后攻克太原，并采取火烧、水灌、迁民、降级、移治等手段，摧毁了晋阳城。

②大捷平型关：在中国共产党领导下，八路军于1937年9月在平型关与日军王牌师板垣第五师团展开激战，我军大

捷，歼敌1000余人，打破了日军“不败”的神话。

③北览五台云冈：五台山距太原240千米，是我国五大佛教圣地之一，至今保存自唐代以来的寺庙47座，佛像达1.7万余尊。云冈石窟是我国最大的石窟群之一，也是世界文明的艺术宝库。现存主要洞窟53个，造像5.1万多尊。

④南眺壶口奇观：在山西省临汾市西约160千米。壶口是黄河峡谷最险要的一段，全长约60多千米，落差15—20米，飞泻而下，声响如雷，蔚为壮观。

七律

纪念太原建城 2500 周年

战国赵都置晋阳[①]，李氏据并兴大唐[②]。
晋祠清泉流千载[③]，明立双塔碑满廊[④]。
今逢盛世百业举，广厦如林万户商。
喜看汾水明如镜，并州明天更辉煌。

［注释］

①战国赵都置晋阳：太原古称晋阳，始建于前 491 年，距今已有 2500 年的历史，秦始皇统一天下置 36 郡后，方有太原之称谓。

②李氏据并兴大唐：隋末李渊任太原留守，后起兵反隋，建立唐朝，成为大唐开国皇帝。

③晋祠清泉流千载：晋祠位于太原市西南约 20 千米处，是著名的旅游胜地，距今已有 1500 多年的历史。在祠内圣母殿南面，有一股泉水，经流千年不息，名曰“难老泉”。

④明立双塔碑满廊：双塔寺位于太原市东南山麓，塔高 54 米，原名永祚寺，建于明朝万历三十六年（1608），现已成为太原市的标志。寺内陈列的碑刻，都是历代书法家留下的瑰宝。

木兰花·晋祠[1]颂

悬瓮山下流清泉[2]，飞梁桥畔圣母殿[3]。
王后安祥居中坐，侍女[4]含笑站两边。

周柏[5]苍劲似龙蟠，唐王铭序[6]有遗篇。
亭台楼榭皆胜景，数次观赏总流连。

［注释］

①晋祠：位于太原市西南约 20 千米处的悬瓮山下，是为纪念晋国开国君主、周武王次子姬虞而建，因封号唐，称唐叔虞祠，又因地处晋水之源，故名晋祠。距今已有 1500 多年的历史，是太原市著名的名胜古迹。

②清泉：指位于圣母殿南侧的“难老泉”。该泉经流千年而不涸，且水温常年保持在 17℃左右，为三晋之名泉。

③圣母殿：圣母殿是晋祠的主体建筑，建于北宋天圣年间（1023—1031），殿内供奉的圣母，为周武王王后，姬虞之母，姜太公之女。

④侍女：在圣母塑像的两侧，站立着 42 尊侍女，高低与真人相似，神态优美自然，是泥塑艺术的珍品。

⑤周柏：在圣母殿北侧，有一株千年古柏，形似卧龙，枝叶苍劲葱郁，人称“卧龙周柏”。

⑥唐王铭序：在祠内北侧，有一块《晋祠之铭并序》石碑，是唐太宗李世民于贞观二十年（646）亲自撰写并手书的，全文 1200 余字，笔力雄健，是书法艺术中的珍品。

永遇乐·晋南行

黄河之滨，沃野千里，人杰地灵。
文物古迹，琳琅满目，处处有胜景。
唐尧故里①，平阳古城，庙宇气势恢宏。
大迁徙、老槐树下，移民泪别洪洞。

走进解州，谒拜关羽②，武圣千古留名。
望莺莺塔③、赏《西厢》景，听燕语莺声。
登鹳雀楼④，游永乐宫⑤，博览华夏文明。
三十年、改革开放，富了河东。

［注释］

①唐尧故里：相传中国原始社会末期，在临汾市西南，有一个陶唐氏部落，领袖叫唐尧，史称帝尧，建都平阳（今临汾）。因尧有功于人民，后人遂建尧庙而祭之。现存尧庙为明清遗物，占地 1.8 万平方米，大殿高 27 米，殿内尧王塑像高 2.8 米，供后人瞻仰、祭拜。

②拜谒关羽：位于运城市南 20 千米处的解州镇，是三国时蜀国大将关羽的故里。解州关帝庙占地 1.8 万平方米，为全国武庙之冠，始建于隋，重修于清。主殿崇宁殿气势雄伟，

殿内悬挂着康熙、乾隆题匾，庙内的石刻、壁画、书法题匾，比比皆是。

③莺莺塔：位于永济市西北黄土丘上的普救寺，面临黄河湾，建于唐武则天年间。寺内有一座 13 层高约 50 米的“舍利塔”，因这里是《西厢记》故事的发生地，故名莺莺塔，该塔是中国仅有的四大回声塔之一。

④鹳雀楼：位于永济市蒲州古城黄河东岸，是我国古代四大名楼之一。因王之涣的《登鹳雀楼》而名扬天下，诗曰：“白日依山尽，黄河入海流，欲穷千里目，更上一层楼。”原古楼已被黄河淹没，现楼为 2000 年重建，鹳雀楼再现三晋大地。

⑤永乐宫：原名大纯阳万寿宫。位于运城市南约 60 千米处芮城县龙泉村，是道教三大祖庭之一，专为吕洞宾而建。该宫壁画闻名天下，是中国壁画艺术的瑰宝。

七律

寻根

老家祖籍居洪洞①，明朝初年迁山东②。
世代耕读谋生计，忠厚勤俭树家风。
如今四海多兄弟，落叶寻根总思情。
远远望见大槐树③，不禁热泪洒满胸。

［注释］

①洪洞：洪洞县位于太原市以南约260千米处，隶属临汾市管辖。就在这座小县城里，600年前，竟发生了两件惊世奇闻：一是明初大规模的移民运动；二是苏三冤案的平反昭雪。从此，洪洞令人刮目相看。

②明朝初年迁山东：据史载，明朝洪武年间（1368—1398），在这里实施了一次大规模的移民运动，所迁民众，遍及山西省51个县，大都迁往山东、河北、河南、安徽等地。据说，当时政府规定家有两子以上的农户，除小儿子留下外，其余儿子都必须迁走，其悲状不言而喻。

③大槐树："问我的故乡在何处，山西洪洞大槐树。"这两句民谣，自明朝以来，一直在民间广泛流传。这棵大槐树位于洪洞县城西北2千米处的贾西村，当年移民时，政府就

在这里集中办理凭照迁址事宜。老树原是一棵“树身数围、阴遮数亩”的汉槐，后被天灾劈毁，现存株干是从其根部孳生的第三代古槐，高数丈，主干粗壮，枝叶繁茂，在树旁立碑亭一座，正面刻“古大槐树处”，成为移民历史的见证。

卜算子·古城平遥

漫步古城下，一目阅千年。
票号镖局辉煌时，晋商盛空前。

明清一条街，穿行世人间。
两朝兴亡品百味，莫过今日甜。

［注释］

古城平遥：位于太原市南部约 90 千米处。始建于西周宣王时期(前 827—前 782)。现存古城为明洪武三年(1370)所建，后经清代几次维修，终成现在规模。现存的古城城墙、垛口、敌楼、城门等保存完好。古城内的街道、店铺、衙署、寺庙等，基本都保留着原有的风貌。1997 年被联合国教科文组织列入《世界遗产名录》。

在古城的南大街有一段 750 米长的明清街，会集店铺近百处，店铺门面装修古色古香，漫步其间，如时光倒流。在古城西大街的繁华地段，坐落着中国第一家票号——日升昌，这里被人誉为“19 世纪亚洲的华尔街”。最辉煌时期，日升昌曾在全国 30 多个城市设立分号，以“汇通天下”著称于世。

七律

游绵山

一路泉声八面歌，曲径栅桥悬陡坡。
群山树影蝶花翠，瀑帘千丈九天落。
神工巧凿千佛洞，游客如织拜南阿。
世人少知绵山美，步入仙境方悟觉。

［注释］

绵山又名介山，位于太原市西南约120千米处，介休市城南，海拔2072米。山势陡峭，绝壁如削，山上的古刹寺庙，随处可见，大都隐建在巨岩之下，或悬崖之巅，如高悬于狮子山崖壁之下的大罗宫，高110米，13层，犹如悬在天上的宫阙，被人称为“天下第一道观”；又如建于抱腹岩之上的云峰寺，有庙宇数百间，让游人观之惊心动魄。

另外，绵山之美，还因这里有自古以来流传下来的许多传说，如介子推“割股奉君”、晋文公下令“火烧绵山”等故事，流传至今，家喻户晓，无人不知。

木兰花·五台颂

佛教圣地五台山，寺庙僧房千万间。
文殊菩萨设教场，香火延绩数千年。

显通寺庙似宫殿，气势宏伟最壮观。
夕阳晚照菩萨顶，舍利白塔映青天。

［注释］

五台山位于太原市北约 240 千米的五台县境内，是我国佛教四大名山之一。早在东汉永平十一年（68），五台山便建有庙宇。五台山至今保存着自唐代以来的寺庙 47 座，佛像 1.7 万余尊，其中，显通寺规模最大，占地面积达 8 万平方米。位于五台县城东北约 50 千米、明代重修的舍利白塔，高 54.37 米，现已成为五台山的标志性建筑。

内蒙古自治区·内蒙古游随记

内蒙古自治区位于中国北部，与黑、吉、辽、冀、晋、陕、甘、宁等8省、区接壤，北与蒙古、俄罗斯毗邻，首府呼和浩特。

我在中学时代，学会了歌曲《草原上升起不落的太阳》，有一次在学校组织的联欢晚会上，我站在麦克风前，放开喉咙纵情地唱了这首歌，博得了全场同学的掌声。从那时起，我就有个梦想：将来，如果有一天我能到内蒙古亲眼看看那里的蓝天、白云、一望无际的草原、成群的牛羊和奔驰的骏马，那是多么美好的享受啊！转眼40年过去了，在我退休第二年的金秋季节里，我的梦想终于变成了现实。我跟随着旅游团，首先来到了内蒙古的首府呼和浩特，看到了整洁、繁华的街道两旁，建有许多涂有米黄、粉白、孔雀蓝等颜色的穹庐式建筑，感到特别新奇。第二天早9时许，我们乘车到达希拉穆仁草原，这里正在举行“那达慕”大会，我们观看了身穿民族服装的牧民们，表演着赛马、摔跤、射箭、歌舞等各项活动。晚上，我们应牧民兄弟的邀请，走进了蒙古包，热情的主人摆下盛宴接待我们，我们用蒙古族的礼节，将右手无名指蘸上奶酒举过头顶，向空中弹三下，以示对主人的尊敬。席间，宾主频频举杯，共祝国家富强，各族人民幸福安康。夜间，帐外燃起了篝火，合着音乐的节拍，边歌边舞，通宵达旦，令人难忘。回家后，经认真构想，查阅了有关资料，写了六首诗词，以表达我对兄弟民族的友爱之情。

沁园春·内蒙古行之一

塞外风光，绮丽多姿，令人神往。
蓝天白云下，群峦起伏；辽阔草原，遍地牛羊。
呼伦湖①畔，骏马奔驰，百鸟飞鸣野花香。
兴安岭，茫茫林如海，无尽宝藏。

昔日大河北疆，历代豪杰征战沙场。
昭君②冢青青，千古留芳；成吉思汗③，灵归故乡。
贺兰山前，沙浪滚滚，驼队昂首奔夕阳。
望青城④，高楼拔地起，雄踞北疆。

［注释］

①呼伦湖：呼伦湖位于呼伦贝尔大草原，是内蒙古最大的湖泊，也是中国五大淡水湖之一。湖区有 200 多种珍稀鸟类栖息，是鸟类和鱼类的天堂。

②昭君：王昭君，名嫱，西汉南郡秭归宝坪（今湖北省兴山县宝坪村）人。汉元帝时入宫。竟宁元年（前 33），匈奴呼韩邪单于（国王）入朝求和亲，昭君自愿远嫁匈奴，深受当地人民的爱戴。昭君墓位于呼市西南 9 千米大黑河南岸，墓封土堆高 33 米，远望墓草青青，故称“青冢”。

③成吉思汗：即元太祖（1162—1227），古代蒙古族首领，有“一代天骄”之誉。1219年，率大军20万西征。1227年8月，亲征西夏，途中病死于六盘山麓。传说他死后，遵其遗愿，将陵墓安葬在内蒙古伊金霍洛旗阿腾席连镇东15千米处，即成吉思汗陵。

③青城：呼和浩特位于大青山南麓，内蒙古自治区首府。战国时，赵武灵王在此建云中郡。16世纪达延汗在此建宫殿，以青砖筑城，远望一片青色，故称“呼和浩特”，蒙语即“青色城市”之意。

水调歌头·内蒙古行之二

滔滔黄河水，巍巍大青山。
纵横驰骋千里，茫茫大草原。
遍野牛羊成群，牧民跃马扬鞭，又是丰收年。
逢“敖包盛会①”，“那达慕”狂欢②。

看赛马、比摔跤、赛射箭。
健儿威风抖擞，观众齐呐喊。
帐外燃起篝火，歌舞通宵达旦，烤羊会野餐。
畅饮大碗酒，来年再相见。

［注释］

①敖包盛会：敖包，蒙古语意“堆”，是蒙古族从古代沿袭下来的祭祀祖先、天地的地方。每年六七月间，在牛羊肥壮、百花盛开的丰收季节，牧民都要举行祭祀神灵的活动，即祭敖包。祭祀仪式结束后，还要进行传统的娱乐活动，即赛马、射箭、摔跤、歌舞等。

②“那达慕”狂欢：“那达慕”，蒙古语为“游戏”之意，起源于古代的祭敖包，原为祭祀和娱乐相兼的活动，后来发展成为群众娱乐和物资交流盛会。每年八月间举行一次，会上举行赛马、摔跤、射箭、歌舞等活动。

卜算子·内蒙古行之三

塞外秋来早，旅游正当时。
策马扬鞭三百里，草原无边际。

夜宿蒙古包，琴伴歌舞起。
待到东方旭日升，奶茶香扑鼻。

［注释］

游内蒙古必游草原，而草原当数呼伦贝尔和锡林郭勒两大草原。尤其在金秋时节，头顶蓝天白云，脚下鲜花盛开，绿草没膝，其间溪流蜿蜒，牛羊遍野，更有白色的蒙古包点缀，到处充满着神奇和遐想，让游人终生难忘。

卜算子·昭君[1]颂

塞外秋风劲，霜落草木黄。
唯见昭君冢[2]青青，丹心照帝王。

胡汉结良缘，铁血化琼浆。
利国兴邦安天下，千古美名扬。

［注释］

①昭君：王昭君，名嫱，西汉南郡秭归宝坪（今湖北省兴山县宝坪村）人。汉元帝时被选入宫。竟宁元年（前33），匈奴单于呼韩邪入朝求和亲，昭君自愿远嫁匈奴，后被封宁胡阏氏（王后），做了许多和睦两族关系的好事，深受当地人民的爱戴。

②昭君冢：位于呼和浩特市西南约9千米处的大黑河南岸。墓封土堆高33米，远望墓草青青，故称“青冢”。墓前方有呼韩邪单于与王昭君骑马并行的大型铜铸雕像，两马相依，两人沉浸在和睦喜悦的气氛之中。

满江红·天骄赞

纵横驰骋、千万里，马不停蹄。
数十年、东征西战，所向披靡。
大漠处处摆沙场，白云作被草当席。
仇和恨、世代结恩怨，何时息？

为民族、战顽敌；纳忠言，悉民意。
天赐其智慧，地赋神力。
麾下雄师猛如虎，蒙古终于获统一。
齐欢呼、大汗成吉思，歌舞起。

［注释］

一代天骄成吉思汗，生于1162年，名叫铁木真（意为精钢）。其父也速该是蒙古乞颜部的酋长。因内部之间互相吞并残杀，铁木真的一生都是在战争中度过的。其父也该速被塔塔儿部杀害后，铁木真决心继承父业，利用对方各种矛盾，不断壮大自己，于1202年统一了东部蒙古。不久又相继消灭了西部的克烈部和乃蛮部，终于完成了统一全蒙古的大业。1266年，44岁的铁木真被推举为全蒙大汗，尊号为“成吉思汗”。

1277年，成吉思汗在攻取西夏时，病逝于军中，时年65岁，据说，成吉思汗葬于内蒙古伊金霍洛境内，1954年在此兴建了陵园。

七律

边城赞

边陲小城满洲里①，清静幽雅路人稀。
一湾河水②城东过，绿树木房③闻鸟啼。
街巷百花繁似锦，郊外牧草过人膝。
待到冰封雪飞舞，银装素裹更神奇。

［注释］

①满洲里：位于内蒙古东北部中俄边境，是我国北部重要的口岸城市。北京通往莫斯科的国际列车，便从这里出入国门。

②一湾河水：指流过城东的海拉尔河。

③木房：在满洲里大街上，随处都可看到很多色彩艳丽的木刻楞房屋，完全是俄式的木料建筑，门窗檐部画有各式图案，风格独特，颇有观赏价值。

辽宁省 · 辽游随记

辽宁省，简称“辽”，位于山海关东部。辽东半岛像一把利剑，把大海分成东、西两翼，西面是渤海、辽东湾，东面是黄海，隔长山海峡与朝鲜半岛相望。辽东半岛的海岸线，东起鸭绿江口，西至山海关老龙头，长达 2920 千米，沿线天然良港多处，水陆交通非常发达。帝国主义国家对这块黄金宝地早就垂涎三尺，从 1894 年的甲午战争日寇侵占旅顺口，到 1904 年的日俄战争，再到 1931 年的“九一八”事变，连年的战火把百姓推进了水深火热之中，列强的疯狂地掠夺，野蛮地烧杀，犯下了滔天罪行。在中国共产党的领导下，中国人民对外国侵略者和国内的反动势力进行了艰苦卓绝的斗争，最后取得了抗日战争和解放战争的彻底胜利。

辽宁省的每一座城市，都有一段沉重的荣辱历史。沈阳是后金（清前期）的都城，即“盛京”，建有辉煌的宫殿和规模宏大的清“三陵”（永陵、福陵和昭陵），锦州是辽沈战役的重要战场，抚顺的煤电、鞍山的钢铁、大连的造船等都为新中国的建设作出了重大贡献。

改革开放以来，党中央做出了振兴东北老工业基地的英明决策，辽宁省的经济文化发展，将在产业结构调整中脱胎换骨，为实现“两个一百年”的奋斗目标再立新功。

沁园春·辽宁行

辽沈大地，沃野千里，几多辉煌。
昔大清崛起，迁都沈阳①；太极称帝②，威震八方。
“甲午”海战，抗击倭寇③，旅大军民共存亡。
“九一八”，激起民族恨，驱逐东洋。

首战东北解放④，已看到、共和国曙光。
支援大建设，抚煤鞍钢；重工基地⑤，无尽宝藏。
今逢盛世，改革开放，巨轮穿梭五大洋。
现代化，又攀新高峰，共奔小康。

［注释］

①迁都沈阳：清太祖努尔哈赤，于1616年在赫图阿拉（今辽宁新宾老城）即汗位，国号大金（史称后金）。1625年迁都沈阳，并改名为盛京。

②太极称帝：皇太极，努尔哈赤第八子，于1626年继汗位，崇祯九年（1636）称帝，改金为清，改元崇德，改女真族为满族。

③抗击倭寇：1894年的甲午战争中，日本侵略者进攻旅顺口。爱国将领徐邦道率所部官兵顽强抵抗，终因孤军无援，

旅顺失陷。在日寇进行大屠杀时，旅顺人民奋起反抗，和敌人进行了英勇搏斗，有 2 万多无辜者被杀害。

④首战东北解放：辽沈战役是解放战争三大战役的第一大战役，从 1948 年 9 月 7 日至 11 月 2 日，历时 52 天，共歼敌 47 万余人，使东北全境获得解放，为解放全中国奠定了坚实的基础。时隔不到一年，1949 年 10 月 1 日，中华人民共和国宣告成立。

⑤重工基地：鞍山是我国最大的钢铁基地，素有“钢都”之称。抚顺是以煤、电、油为主体的综合性重工业城市，素有“煤城”之誉。辽宁重工业基地为我国“四化”建设做出了巨大贡献。

七律

忆沈阳[1]

东北重镇在沈阳，历代霸主皆称王。
勿忘国耻“九一八”[2]，千古功臣张学良[3]。
故宫残碑[4]荣辱史，激励后辈图富强。
振兴东北大潮起，迎来满天新曙光。

［注释］

①沈阳：沈阳是中国历史文化名城，距今已有2200多年的历史。后金努尔哈赤于天命十年（1625）迁都沈阳，改名盛京。1644年，清军入关，迁都北京后，盛京仍作为“陪都重镇”，发挥着东北政治、经济中心的作用。

②勿忘国耻“九一八”：1931年9月18日，日军蓄意挑起柳条湖铁路爆炸事件，遂向东北军驻地北大营开火，19日占领沈阳。在蒋介石不准抵抗的命令下，1932年1月，东北全境沦陷。“九一八”激起了全国人民的抗日怒潮。

③千古功臣张学良：“千古功臣”是周恩来总理对张学良将军一生的评价。

④残碑：即“九一八”事变残碑。建于1991年9月18日“九一八”事变60周年之际，碑址在沈阳市大东区望花南街46号，即“九一八”事变发生地。

卜算子·游帅府

游览大帅府[①]，迈进老虎厅[②]。
少帅曾摆鸿门晏，怒斩杨宇霆。

望墙外翠楼，闻西洋乐声。
赵四小姐梳妆毕，笑迎张汉卿[③]。

［注释］

①帅府：奉系军阀张作霖及张学良将军的官邸，又称“大帅”“少帅”府。位于沈阳市沈河区沈阳路二段文兴里，是中西合璧式的建筑群，分东、西两院。

②老虎厅：在帅府花园北侧，有一座大青楼，又称“少帅楼”，为三层罗马式建筑。在楼内的东北角，有一大客厅，即称“老虎厅”。1928 年底，张学良为摆脱日本人的羁绊，决定东北易帜，遂于 1929 年 1 月 10 日，在老虎厅摆下“鸿门宴”，处决了阻挠新政的杨宇霆等人。

③张汉卿：张学良，字汉卿，国民党爱国将领，辽宁海城人。1928 年，任东三省保安司令。“九一八”事变后，奉蒋介石之命，率东北军退入关内。1936 年西安事变后，送蒋介石回南京，遂被长期软禁，后被囚禁于台湾。

水调歌头·大连行

游过棒槌岛[1]，又去老虎滩[2]。
星海广场[3]漫步，天高心地宽。
远山绿树红楼，遥望旅顺港湾，
忆起百年前：甲午抗倭寇[4]，日俄又开战[5]。

列强争，山河碎，民涂炭。
抗日烽火，迎来独立红旗展。
今逢改革盛世，旅大换了人间，百姓笑开颜。
风景这边好，明天更灿烂。

［注释］

①棒槌岛：位于大连市东南约 5 千米处的黄海之中，退潮时，巨大的礁石露出海面，像一支老山参，因关外俗称人参为棒槌，故名棒槌岛。这里风光秀丽，是著名的旅游胜地。

②老虎滩：位于大连市南郊，背山面海。在东北处，有一道山丘伸入海湾，形似猛虎卧滩。这里有一处巨大的群虎雕塑，由 6 只老虎组成，全长 36 米，令游人望而生畏。

③星海广场：位于大连市西南隅，面积为天安门广场的 4 倍，为世界最大的城市广场。

④甲午战倭寇：1894 年为农历甲午年，中日爆发战争，中国战败，清政府被迫割让辽东半岛给日本。

⑤日俄又开战：日、俄为争夺旅顺军港，于 1904 年 3 月爆发战争。沙俄失败，日本取得旅顺控制权。

水调歌头·旅顺行

走进旅顺口①，心潮逐浪翻。
昔日“甲午”悲剧②，历历在眼前。
日寇疯狂杀戮，数万同胞遇难，尸骨堆成山。
恨清政腐朽，怨朝臣为奸③。

列强欺，民受辱，国丧权。
中华儿女，同仇敌忾齐抗战。
奋勇流血牺牲，收复大好河山，华夏有今天。
富民强国路，我辈莫等闲。

［注释］

①旅顺口：位于大连市区西南约45千米处，是大连市行政区之一。旅顺口战略地位十分重要，它扼守渤海之咽喉。1880年，清政府在此兴办北洋水师，建军港、炮台，以防外敌入侵。

②“甲午”悲剧：日本军国主义为侵占朝鲜和中国，于1894年7月25日对中国不宣而战，清政府被迫于8月1日进行还击，中日战争正式爆发。1894年11月21日，日本侵略军入侵旅顺口，进行了历时三天三夜的惨绝人寰的大屠杀，

有2万多同胞惨死在日军的屠刀之下。后由旅顺人民将尸骨集体火化，葬于白玉山下，现在墓前祭堂上悬挂着“永矢不忘”的横匾，以警示后人。

③朝臣为奸：在甲午战争中，清政府一直都是采取妥协投降的政策。当时掌握清政府军事外交实权的李鸿章，为了保存自己的实力，极力主张妥协，乞求俄、英、美出面调停，命令清军“静坐勿妄动”，以至丧失斗志。战争爆发后，清军节节败退，致使政府完全向日本侵略者屈服，最后签订了丧权辱国的《马关条约》。

七律

锦州[1]赞

一城扼守关内外，锦州之战[2]巧安排。
旋即解放东三省，三军将士笑颜开。
辽东半岛黄金地，巨商投资滚滚来。
科学规划“十二五”，一年一个新台阶。

［注释］

①锦州：位于辽宁省西部，是连接山海关内外的交通枢纽，地理位置十分重要，自古就是兵家必争之地，历史上多次重要战役都发生在这里。

②锦州之战：锦州之战是辽沈战役的第一阶段。东北野战军自1948年9月12日到10月19日，完成了对锦州的合围，10月14日发起总攻，激战31小时，攻克锦州，全歼守敌10万余人，活捉东北“剿总”副司令范汉杰，随即先后解放了长春、沈阳。辽沈战役历时52天，歼敌47万余人，东北全境获得解放。

水调歌头·丹东[1]行

巍巍凤凰山[2]，滔滔鸭绿江[3]。
放眼南北两岸，一派好风光。
忆思五十年前，奔赴朝鲜战场[4]，卫国保家乡。
冒枪林弹雨，同阵地存亡。

为和平，洒热血，斩豺狼。
英雄凯旋归来，胸前挂勋章。
难得和平发展，加快改革开放，齐心谋富强。
丹东正年轻，迅步达小康。

［注释］

①丹东：位于辽宁省东南部，鸭绿江北岸，1937 年设安东市，曾为辽东省省会。1965 年改称丹东市，意为“红色革命城市”。

②凤凰山：位于丹东市西北约 50 千米处，最高的攒云峰海拔 836.4 米，为辽宁省四大名山之一，是万里长城东起点上的第一座山。

③鸭绿江：发源于吉林省中朝边境白头山，全长 790 千米，流经丹东市南注入黄海，是中朝两国的界河。丹东隔江

与朝鲜的新义州遥遥相望。

④奔赴朝鲜战场：1950 年，美帝国主义打着所谓“联合国军”的旗号，大举进犯朝鲜，并把战火烧到鸭绿江边。应朝鲜政府的请求，我国政府组建中国人民志愿军，于同年赴朝参战。经过 3 年的艰苦战斗，终于打退了以美国为首的联合国军，于 1953 年 7 月 27 日签订了《朝鲜停战协定》，英雄志愿军凯旋回国。

吉林省·吉游随记

吉林省，简称吉，位于松花江畔，东南与朝鲜、俄罗斯接壤，省会长春市。

吉林风光，一年四季，绚丽多彩。春天，冰雪消融，万物复苏，处处生机勃勃；夏季，万山翠绿，丘陵起伏，犹如大海波涛，辽阔的原野，庄稼根深苗壮，充满丰收的希望；秋天，远山层林尽染，近岭色彩斑斓，田野一片金黄，沉甸甸的谷穗，随风摇摆，收割机所到之处，五谷颗粒归仓；冬天，大雪飞舞，漫山遍野，素裹银装，江河两岸，玉树琼花怒放，多么可爱的家乡！

谁曾想，“九一八”事变后，18 万多平方千米的国土，竟被日本帝国主义占领，随即成立伪满洲国，扶溥仪做傀儡皇帝。关东儿女，岂容日寇如此猖狂，跟共产党，参加抗联，拿起刀枪，历时十四年抗战，终于赶走豺狼。日寇彻底投降后，经历辽沈战役，东北解放，吉林迎来新曙光。

中华人民共和国成立后，特别是改革开放以来，吉林省发生了翻天覆地的变化，创造了许多全国之冠：居全国之首的粮食人均占有量，中华人民共和国成立最早的长春第一汽车制造厂和长春电影制片厂等。

吉林省旅游资源丰富，山河湖泊壮丽，林海雪原辽阔，中外游客络绎不绝。愿长白山、松花江与日月同在，祝生活在这里的人们，世世代代幸福安康。

水调歌头·吉林行

踏上黑土地，风吹五谷香[①]。
脚下万顷沃土[②]，天赐米粮仓[③]。
远眺重峦峻岭，满目森林牛羊，一派好风光。
巍巍长白山[④]，滔滔松花江。

忆当年，国耻恨[⑤]，逐列强。
十四年间，傀儡一枕梦黄粱[⑥]。
今逢改革盛世，城乡奋发图强，全民奔小康。
振兴东三省，再创新辉煌。

［注释］

①风吹五谷香：松辽平原素以“粮豆之乡”著称。

②脚下万顷沃土：指吉林省中西部的松辽大平原。

③天赐米粮仓：吉林省是全国著名的商品粮基地，粮食人均占有量居全国首位。

④巍巍长白山：长白山位于吉林省东南部的中朝边界上，在我国境内的白云峰，海拔2691米，为东北第一峰。

⑤国耻恨：指1931年“九一八”事变。

⑥傀儡一枕梦黄粱：“九一八”事变后，长春被日本帝

国主义占领。1932 年，在日本帝国主义的扶持下，傀儡政权伪满洲国成立，清朝末代皇帝爱新觉罗·溥仪登上皇帝宝座。抗战胜利后，皇帝的美梦彻底破灭。

七律

长春之美

长春之美在秋冬，几度晨霜万山红。
中秋湖畔尝明月①，疑似置身广寒宫。
待到飞雪漫天舞，玉树琼花开满城。
引来五洲冰雪客，竞赛场上决雌雄②。

［注释］

①中秋湖畔尝明月：在长春市郊外有两座大公园：一是位于市区南部的南湖公园，湖区面积93万平方米，湖上建有水榭、亭、桥，风光秀丽，环境优雅；二是位于市区东南部的净月潭森林公园，园区面积150平方千米，这里湖光山色，浓荫蔽日，两处公园皆为中秋尝月的最佳之地。

②竞赛场上决雌雄：净月潭景区内建有滑雪训练基地，有全长5000米的滑雪训练场。每年冬季，中、日、俄、韩、朝等国的滑雪运动队，都到这里集训，进行友谊比赛。

水调歌头 · 长白山①

远古熔岩熄，铸就长白山。
天赐一池净水，化作三江源②。
茫茫森林如海，万顷沃野良田，祖辈建家园。
春夏播五谷，秋冬粮仓满。

谁曾想，百年前，世道变。
日俄垂涎三尺，“甲午”丧主权③。
铮铮关东儿女，岂容日寇逞强，男女齐参战。
抗战十四年，重见艳阳天。

［注释］

①长白山：位于吉林省东南部中朝边界，主峰白头山，海拔 2600 米以上，在我国境内的白云峰，海拔 2691 米。大约在 200 多万年以前，这里曾是火山活动的剧烈地区，我们现在看到的长白群峰，就是当时火山喷发的岩浆冷凝后，形成的壮丽景观。

②三江源：长白山天池，原是火山喷发口，经若干年岩浆凝结后，形成了积水高山湖泊。天池南北长 4850 米，东西宽 3350 米，总面积达 9.8 平方千米，平均水深 204 米，它是

松花江、图们江和鸭绿江三江的发源地。

③“甲午”丧主权：在甲午战争中，清军全面溃败后，日本强迫清政府签订了《马关条约》。条约共11款，其中第二条规定：中国割让台湾全岛及所有附属各岛屿、澎湖列岛和辽东半岛给日本。

清平乐·吉林赏雾凇

大雪飞扬，雾锁松花江。
十里长堤披银装，玉树琼花怒放。

风摆柳枝摇曳，宛若轻纱飘落。
游人如醉如痴，同赞北国一绝。

［注释］

雾凇：雾凇又称树挂。吉林雾凇与桂林山水、云南石林、长江三峡被誉为中国四大自然奇观。每年 10 月至次年 4 月多次出现，有时在一冬之内，可出现 60 余天，雾凇形成的厚度可达 40 至 50 毫米，摇摇欲坠，煞是好看。松花江呈“S”形在市区穿过，每到冬天，十里江堤银装素裹，犹如童话世界，引无数游客流连忘返。

七律

吉林观灯节①

三面环水四面山②，东西两峰一桥连。
松花江水绕城过，十里长堤柳生烟。
正月十五花灯会，秧歌烟火飘彩船。
玉树琼花齐怒放，游客如织万民欢。

［注释］

①灯节：即雾凇冰雪节。在吉林市每年一月份举办一次，活动时间一个月。期间有盛大的东北大秧歌会，松花江上放河灯、彩灯，彩船游江会，烟火晚会等活动，热闹非凡。

②三面环水四面山：吉林市四面环山，三面临水，其中北山海拔270米，山分东、西两峰，中间由一座拱形石桥相连，名鸾佩桥。

木兰花·古城[①]赞

将军沉睡越千年[②]，古城新旧两重天。
商厦林立人潮涌，内外经贸齐发展。

一桥横跨江两岸，中朝友谊世代传。
古墓王碑今犹在，后人观赏总流连。

［注释］

①古城：指集安市。位于吉林省最南部的鸭绿江畔，是中国历史文化名城。这里曾是汉代高句丽的都城，从3年至427年，时间长达425年之久，距今已有2000多年的历史。

②将军沉睡越千年：位于集安市东约7千米处的龙山脚下，有一座呈方锥体的古墓，这就是被誉为“东方金字塔”的将军坟。据考证，这应是高句丽第20代王长寿王的陵墓，距今约有1500多年的历史。

黑龙江省 · 黑游随记

该省以江取名，别具一格。境内，山河壮丽，地域辽阔，旅游景点，风光独特，四季皆宜，尤在寒冬，宾客最多，龙江大地，银装素裹，松花江畔，更为红火，游人如潮，观赏冰灯节。我游哈尔滨，当然不能错过，写了两首诗词，以示祝贺：

卜算子 · 冰雕赞

数九风雪天，迎来五洲客。
松花江畔人如海，观赏冰灯节。

冰块堆如山，大师精雕琢。
七彩灯照艺术品，北国独一绝。

七律

游冰城之感

自驾畅游黑龙江，地广景多路线长。
首站当选哈尔滨，远远望见大教堂。
傍晚漫步中央街，欧式建筑列两旁。
历史“伤疤”今犹在，激励我辈图富强。

北极村，位于黑龙江省漠河县城以北，约80千米处。因这里每年夏至、冬至前后昼夜时差悬殊，气候冬季长而寒冷，最低气温曾达到 −58℃，故人称“北极村”。今生有幸，随旅行团到此一游，遂填词一首，以表我内心感受：

卜算子·极村赞

乘车八百里，抵达北极村。
夏至凌晨看日出，我是其中人。

看东方欲晓，望满天红云。
山河森林美如画，红日照乾坤。

沁园春·黑龙江行

东北风光，千里沃野，万顷粮仓①。
望松花江畔，山川秀丽；大豆玉米，稻谷飘香。
兴安峻岭，茫茫林海②，恰似绿色大海洋。
庆丰收，家家盖新房，百姓真忙。

严冬大雪飞扬，龙江大地一片银装。
滨城冰雪节③，冰雕盛会；滑雪赛场④，游人如狂。
东北崛起，产业升级，亿万百姓奔小康。
十年后，再来黑龙江，胜似天堂。

［注释］

①沃野、粮仓：黑龙江全省面积 46 万平方千米，其中平原面积约占一半左右，人均耕地占有量居全国之首。三江平原、兴凯湖平原、松嫩平原等，均是我国著名的商品粮生产基地。

②茫茫林海：黑龙江全省森林面积达 2 亿多亩，森林总蓄积量 13 亿多立方米，大、小兴安岭是全国最重要的木材供应基地。

③冰雪节：哈尔滨冰雪节始创于 1963 年。1984 年以来，

每年举行一次国际冰雕比赛，历时一个月（1 月 5 日至 2 月 5 日）。

④滑雪赛场：黑龙江省有多处滑雪场，其中最著名的当数亚布力滑雪场，其位于牡丹江市西 120 千米处。雪山海拔 1374 米，冬季山上积雪厚达 1 米左右，山下积雪 30—40 厘米，滑雪期可达 120 余天。这里各种设施齐全，是开展滑雪活动的绝佳之地。

水调歌头·哈尔滨①行

一曲太阳岛，唱遍全中国。
夏日避暑胜地，游人何其多。
漫步松花江畔，林荫雕塑花坛，曲径绕亭阁。
防洪塔②高耸，江水泛绿波。

夜幕下，酒巴间，客满座。
欧市风情③，宛如游览莫斯科。
每当岁末年初，冰城银装素裹，欢度冰雪节④。
赏冰雕艺术，品北国一绝。

［注释］

①哈尔滨：黑龙江省省会，文化名城。11世纪，满族祖先在这里建立了“阿勒锦”村，元代拟音为“哈尔滨”，延续至今。

②防洪塔：在松花江南岸，矗立着一座高22.5米，由20根擎天立柱连成的弧形雄伟建筑，这就是象征哈尔滨市的防洪塔。塔基前建有两层水池，下层标志1932年洪水淹没哈尔滨的最高水位，上层标志1957年特大洪峰最高水位。塔上悬有“塔镇江天”巨匾，引人注目。

③欧市风情：在哈尔滨市内，遍布欧洲风格的各式建筑，这里会集了文艺复兴、巴洛克及现代多种风格的建筑物。其的中央大街被称为“东方的莫斯科”“欧陆风情一条街”，全长1400多米，至今保存完好。

④冰雪节：1963年，哈尔滨首创“冰灯游园会”。1984年以来，连年组织国际冰雕比赛，每年从1月5日开始，历时1个月，由原来的冰灯发展成为冰雕、冰花、冰建筑等多种方式，吸引了大批国内外游客前来参赛和观光，堪称北国一绝。

七律

哈尔滨赞

太阳岛[1]上度盛夏，戏水野餐尽潇洒。
隆冬观赏冰灯展，荟萃冰雕之精华。
欧风街头[2]去漫步，误把滨城当罗马。
爆竹声中大年过，喜看满天飞雪花。

［注释］

①太阳岛：位于哈尔滨市松花江北岸，面积约38平方千米。岛上绿树成荫，繁花似锦，是著名的旅游避暑胜地。一年一度的“冰雪节”和冰雕盛会，都在这里举行。

②欧风街头：位于哈尔滨市的中央大街，始建于1924年，被称为“欧洲风情一条街”，全长1400多米。在这里，随处可见俄罗斯式、土耳其式、意大利式、英国式、法国式的建筑，富有异国风味。

永遇乐·扎龙湿地行

扎龙湿地，纵横千里，广袤无边。
湖泊密布，草甸如毯，芦塘飘浮莲。
鹤之故乡，兽禽家园，世代栖息繁衍。
夏日到、气温回暖，一派生机盎然。

群鹤起舞，彩蝶翩翩，雄鹰高空盘旋。
野花盛开，争奇斗艳，风光赛江南。
空气清新，碧水蓝天，宛如世外桃源。
愿天下、和谐相处，万物同欢。

［注释］

扎龙湿地即扎龙自然保护区，位于黑龙江省齐齐哈尔市东南约 26 千米处，总面积达 2100 平方千米，横跨二区四县，是国家级丹顶鹤自然保护区，保护区内沼泽地、芦苇塘各占一半。据统计，目前，全世界丹顶鹤仅有 1000 多只，而扎龙保护区就有 700 多只，故扎龙素有“鹤的故乡”之称。另外，保护区内还生息繁衍着鱼类 46 种、鸟类 260 种、昆虫 277 种、兽类 21 种。湿地对控制污染、调节气候、蓄洪防旱、绿化环境等，都起着不可替代的作用，被誉为“地球之肾”。因此，保护湿地已成为各国人民的重要任务。

柳梢青·伊春赞

绵延千里，古树参天，林海茫茫。
绿色宝库，动物乐园，鸟类天堂。

畅游红松之乡。秋去冬来披银装。
春回五营，花香鸟语，令人神往。

[注释]

伊春位于黑龙江省东北部，森林覆盖率达 82.2%。林区由五营、丰林、凉水三个自然保护区构成，其中五营是亚洲面积最大的红松原始森林，有“红松故乡”之美誉。林中栖息着鸟类 200 多种、兽类 40 多种、鱼类 70 多种。每到春夏，野花遍地，流水潺潺，生机盎然。冬季到来，雪花飞舞，银装素裹，一派北国风光。

七律二首

赞雪乡

（一）

乘驾雪橇游林场，骏马奋蹄雪飞扬。
路边散落小木屋，四面围起篱笆墙。
房顶积雪三尺厚，大红灯笼挂门旁。
院内有只看家狗，见到客人叫汪汪。

（二）

今宵借宿小木房，身居炕边暖洋洋。
晚餐野味高粱酒，宾主促膝拉家常。
窗外红灯映飞雪，室内一枕梦天堂。
忽闻雄鸡报拂晓，醒来方知在雪乡。

［注释］

在牡丹江市远郊，有一处令人向往的地方——双峰林场，这里一年四季半年雪，故有“雪乡”之称。如果乘坐马拉雪橇游览，到处可见北欧式的小木屋，房顶厚厚的积雪，像蘑菇一样，门前挂着大红灯笼，每到夜晚，红灯在飘扬的雪花中熠熠生辉，就像走进童话世界。

上海市 · 沪游随记

上海，简称沪，位于长江入海口，西依江、浙，南临杭州湾，东濒东海，海陆空交通非常发达。凭借地理位置优势，从 1291 年建城以来，历经 700 余年，由一个小渔村发展成为今天举世闻名的大都市，丰功伟绩，有目共睹。其间，鸦片战争后的 100 多年中，所蒙受的屈辱，无数革命先驱开创的伟业，永世难忘。黄浦江西岸外滩上高耸的大厦，给这座城市打下了深深的烙印。中华人民共和国成立后，特别是改革开放以来，上海站在世界潮流的最前沿，只争朝夕，勇攀高峰，现已跻身于全球现代化大都市的前列。改造后的外滩，让人耳目一新，昔日欧式建筑楼群，风采依旧，而三十多栋“中”字号的摩天大厦，如雨后春笋拔地而起，实现了中西合璧、新旧交融的完美结合。

浦东新区开发后，上海更是如虎添翼，仅仅 20 多年的时间，浦东发生了翻天覆地的变化。1990 年 4 月 18 日，中国政府向全世界宣布开发上海浦东，开发区总面积 350 平方千米。4 年后，位于陆家嘴的东方明珠广播电视塔落成，1991 年 11 月、1993 年 9 月，南浦、杨浦两座现代化跨江大桥横空出世，紧接着 1998、1999 年，金茂大厦和国际会议中心先后投入商业运营，世界一流的浦东国际机场、高速磁悬浮列车相继投入使用。

2010年，上海举办了世博会，在184天的会期里，全球190个国家、56个国际组织参展，观众达到7308万余人，多项指标为历届世博会之最，大会圆满成功。

上海的魅力在创新，为实现“两个一百年”的奋斗目标和中华民族的伟大复兴，上海将用累累的创新硕果，献给我们伟大的祖国。

水调歌头·沪上行

昔日大商埠[1]，今朝更开放。
浦东新区崛起，十年铸辉煌。
全球巨商落沪[2]。开业多国银行[3]，财富高增长[4]。
拉动长三角，迅步达小康。

现代化，快节奏，人向往。
宾客如潮，浦江两岸最风光。
外滩青春焕发，浦东充满朝阳，明珠矗东方[5]。
世博会在即[6]，又谱新篇章。

［注释］

①昔日大商埠：上海建城已有710年的历史。1843年，鸦片战争结束后，上海成为对外开放的商埠。

②全球巨商落沪：改革开放以来，上海已同世界上170多个国家和地区建立了贸易关系，已有半数以上世界排名前100位的工业跨国公司投资上海。

③开业多国银行：在沪开设的营业性外资金融机构和代表处已达200多家。

④财富高增长：20世纪90年代以来，上海国民经济持

续高速增长，GDP 增长速度连续十年超过 10% 以上，第三产业占 GDP 的比重已超过 50%。2000 年，上海全市人均 GDP 达 4080 美元，已达到世界中等收入国家（地区）水平。

⑤明珠矗东方：东方明珠广播电视塔坐落在黄浦江畔浦东陆家嘴嘴尖上，塔高 468 米，是上海的标志性建筑。

⑥世博会在即：世界贸易博览会，将于 2010 年在上海举行，目前正在紧张地筹备中。世博会的召开，预示着上海又走向一个新的历史发展时期。

沁园春·今日上海

今日上海，举世瞩目，如日中天。
望浦江两岸，生机勃勃；四化建设，飞速发展。
“两桥”如龙①，明珠璀璨，极目处处是花园。
迎世博、进入倒计时②，翘首期盼。

浏览万国展馆，集当代精品之大全。④
登明珠塔顶，俯瞰外滩；百年沧桑，风采奕然。
江水滔滔，时光流转，逢盛世换了人间。
看未来，风光无限好，永往直前。

［注释］

①“两桥”如龙：指南浦和杨浦两座大桥。南浦大桥位于黄浦江下游南码头，建成于1991年11月20日。大桥全长8346米，宽30.35米，跨径423米，主桥高46米，可通5.5万吨级巨轮。杨浦大桥位于杨浦区浦东新区之间，1993年9月15日建成通车。全长7658米，桥面宽30米，浦西引桥3103米，浦东引桥3379米，主桥高48米，可通5.5万吨巨轮。

②迎世博、进入倒计时：中国2010年上海世界博览会，于2009年5月进入周年倒计时。世博会场，位于南浦大桥和

卢浦大桥之间，规划用地 5.38 平方千米，其中：浦东为 3.93 平方千米，浦西为 1.35 平方千米。本次世博会的主题是：城市，让生活更美好。截至 2009 年 6 月 4 日，已有 239 年国家和国际组织参览（其中国际组织 48 个）。世博展区的建设，正在夜以继日地加速进行，“东方之冠”——中国馆已基本完工，其他国家的展览馆也将陆续建成。

水调歌头·上海滩①

浦江秋月夜，漫步上海滩。
两岸华灯齐放，景色更壮观。
西览欧市风采②，东眺明珠璀璨，高塔入云端。
游艇载歌舞，笑语满公园③。

花荫处，侣相伴，情绵绵。
如梦如幻，谁能辨天上人间？
百年兴衰荣辱，无数先驱呐喊，只盼有今天。
国际大都会，开放最前沿。

［注释］

①上海滩：即上海外滩。位于黄浦江西岸，北起外白渡桥，南至金陵东路，全长1.5千米，这是过去称“外滩”的地段。而现在的外滩，则往北延至黄浦路，向南伸至南浦大桥，称“新外滩”。

②西览欧市风采：上海外滩在仅有1.5千米长的一条弧线上，鳞次栉比地矗立着52幢欧式风格的大厦，充分体现了昔日“远东华尔街”的风采，享有“万国建筑博览会”之美誉，是上海的象征。

③高塔入云端：东方明珠广播电视塔，坐落于黄浦江畔浦东陆家嘴尖上，塔高 468 米。

④笑话满公园：指黄浦公园，她曾记载着中华民族的屈辱历史。如今，公园内建有人民英雄纪念塔及各种雕塑、浮雕，充分表现出上海百年风云及革命斗争的伟大业绩。

七律

黄浦江①——母亲河

黄浦江上一叶舟，祖辈船坞度春秋。
目睹百年屈辱史②，腥风血雨记心头③。
六十年前得解放，如今全家住高楼。
阿爸开上大轮船，我为旅客作导游。

[注释]

①黄浦江：黄浦江是上海的母亲河。她发源于上海西郊的淀山湖，全长114千米，河面宽约400米，纵贯上海市区，至吴淞口汇入长江，直泻东海。

②目睹百年屈辱史：自1840年鸦片战争之后,100多年间，上海已成为帝国主义对中国进行疯狂侵略的桥头堡。屈辱卖国的满清政府，在帝国主义的威逼下，签订了一系列不平等条约，如《南京条约》，上海被辟为通商口岸，给帝国主义种种特权。一时间，上海变成了“冒险家的乐园”，百姓陷入水深火热之中。直到中华人民共和国成立，才彻底结束了这段屈辱历史。

③腥风血雨记心头：上海人民面对黑暗势力的残酷压迫，在中国共产党的领导下，与敌人进行了顽强的斗争。在这漫长的岁月里，有无数的革命先烈，英勇地献出了他们宝贵的生命，让我们永世不忘。

沁园春·走进世博

走进世博，万国云集，彩旗招展。
看浦江两岸，宾客如潮，展馆林立，新奇璀璨。
东方之冠，气势恢宏，百年期盼有今天。
五大洲、会聚陆家嘴，盛况空前。

世界在我身边，全球之最，同展外滩。
览欧市风采，抒情浪漫；拉非歌舞，扣人心弦。
华夏文明，蜚声中外，城乡和谐春满园。
愿未来，生活更美好，笑满人间。

［注释］

上海世博会于2010年5月1日开园，展期184天，至10月31日胜利闭幕。世博园区占地面积5.28平方千米，全球190个国家、56个国际组织参展，观众达7308万人之多，79965名志愿者为游客提供了129万班次1000万小时约4.6亿人次的服务，上述各项均创历届世博会之最。

本届世博会的主题是：城市，让生活更美好。参展国家紧紧围绕这一主题，充分展示城市文明成果，交流城市发展经验，传输先进城市理念。上海世博会通过城市最佳实践区和网上世博等创举，总结实践经验，勾勒未来前景，以“和谐城市”理念，取得了广泛的共识，为城市管理和城市规划，提出了更新的挑战，对解决人类共同面临的难题，进行了开创性的探索。（摘自《中国2010年上海世界博览会》资料）

江苏省 · 苏游随记

江苏省简称苏，位于长江三角洲腹地，境内山川秀丽，江河纵横，湖泊星罗棋布，水系交织成网，沃野千里，田园如画，为著名鱼米之乡。改革开放后的江苏，处处生机勃勃，城乡欣欣向荣，各项事业蓬勃发展，人民生活迅速奔向小康。

省会南京是我国七大古都之一。2000 多年来，先后有十几个王朝在此建都，但大多来去匆匆。明朝开国皇帝朱元璋、中华民国首任大总统孙中山都葬于钟山岭下，给后人流下了不朽的遗产。历史上，一旦国内群雄角逐，国外列强入侵，烽烟四起，战火连绵，总给这座古城带来了深重的灾难。其中，最令人痛心的，莫过于 1937 年 12 月，侵华日军在南京对我 30 万同胞的大屠杀，日寇犯下的滔天罪行，罄竹难书。

在历史的长河中，江苏省每个城市都留下了数不尽的文化遗产，其中，南京、苏州、扬州、徐州、镇江、常熟、淮安等，为国家级历史文化名城，南京的中山陵、中华门、紫金山天文馆，苏州的寄畅园、虎丘塔等百余处名胜古迹，被列入全国重点文物保护单位。明孝陵、拙政园、留园、网师园、退思园、环秀山庄、狮子林、沧浪亭等，被联合国列入《世界遗产名录》。被誉为“中国第一水乡”的周庄镇，以“小桥流水人家”而著称的同里镇，都有近千年的历史。镇上的古桥有数十座，宋、元、明、清的古建筑，鳞次栉比，至今仍保持着原有的历史风貌。

上述的名胜古迹，在画家的笔下，是一幅幅美丽的画卷；在作家的笔下，是一个个有趣的故事；在诗人的笔下，是一首首动人的诗篇。唐朝诗人张继的一首《枫桥夜泊》，寒山寺而名扬天下，大概这就是历史文化名城的魅力所在吧。愿文化魅力永存。

水调歌头 · 江南行

江南春来早，绿满苏锡常。
满山花香鸟语，田野菜花黄。
村姑摘桑采茶，农家锄草插秧，茅舍变瓦房。
赏姑苏美景，览太湖风光。

登虎丘[①]，游园林[②]，访水乡。
走进古镇，桥接楼榭水连江。
泛舟畅游街巷，宛如水墨画廊，天下知周庄[③]。
吴越展新姿，人间胜天堂。

［注释］

①虎丘：位于苏州市西北部阊门外山塘街。春秋时期（前770—前476）曾是吴王的行宫。虎丘高36米，占地约15万平方米，享有“吴中第一名胜”之称，是苏州古城的象征。

②游园林：苏州园林甲天下，自古名扬四海，集自然山水、人文景观于一身。著名的拙政园、留园已被列入“中国四大名园”。

③周庄：是江南著名的水乡古镇，位于苏州城东南38千米的昆山市境内。春秋时期为吴王少子摇的封地，称摇城。周庄的魅力在于她深厚的文化内涵，是中国第一水乡。

永遇乐·南京行之一

江淮风光，山水如画，鱼米之乡。
古都金陵，虎踞龙蟠①，登十朝帝王②。
千年兴废，百年沧桑，几度荣辱辉煌。
忆住昔，十里秦淮③，充满悲欢炎凉。

日寇入侵，血染长江，国耻永世难忘④。
风雨过后，中华崛起，古城似朝阳。
百业复兴，科技图强，率先迈进小康。
“十一五”，规划宏伟，再创辉煌。

［注释］

①虎踞龙蟠：钟山又称紫金山，地势险要，蜿蜒如龙，故昔日诸葛亮有“龙蟠”之说。虎踞，指石头城，在南京市西石头山后。

②十朝帝王：自229年至1949年，先后有吴、东晋、宋、齐、梁、陈、南唐、明、太平天国、中华民国在南京建都，故称十朝都会。

③十里秦淮：秦淮河全长110千米，分内河和外河，十里秦淮指内河，其中“六朝金粉”是“十里秦淮”最繁华的地带。

明末清初这里上演了许多凄艳哀绝的风流韵事，如著名戏剧《桃花扇》的故事就发生在这里。

④国耻永世难忘：指 1937 年 12 月 3 日，侵华日军攻陷南京，屠杀 30 万南京平民的血腥罪行。

苏武慢·南京行之二

十朝都会，古迹遍地，文化灿烂辉煌。
三国鼎立①，吴霸一方，难忘赤壁周郎。
明清盛世，秦淮灯火，犹如春梦一场。
惊雷起，“辛亥”炮响②，封建帝制消亡。

恨日寇③、凶残如狼，毁我河山，杀我妻儿爹娘。
外患未平，内战又起，百姓背井离乡。
百万雄师，跟共产党，全国终获解放。
古城头，红旗招展，从此国富民强。

［注释］

①三国鼎立：东汉末年，魏、蜀、吴三国形成鼎立之势。汉建安十六年（211），孙权迁至秣陵（今南京），在石头山金陵筑城建都，距今已有1700多年的历史。

②“辛亥”炮响：1911年，由孙中山领导的资产阶级民主革命，一举推翻了统治中国长达2000多年的封建帝制。次年元旦，在南京成立了中华民国临时政府，孙中山当选为临时大总统。

③恨日寇、凶残如狼：为悼念侵华日军南京大屠杀的遇难同胞，1985年在日军集体屠杀遗址建立了纪念馆。用大量的历史资料，揭露了日本侵略者的血腥暴行，教育后人，勿忘国耻，奋发图强。

水调歌头 · 公祭南京大屠杀 77 周年

南京大屠杀，七十七周年。
日寇野蛮罪行，铭记在心间。
三十余万同胞，鲜血洒满金陵，街头尸骨寒。
古城化废墟，遍地起狼烟。

血泪仇，民族恨，怒冲天。
跟共产党，四亿人民齐参战。
最终赶走日寇，继共和国诞生，终于有今天。
公祭死难者，九泉永安眠。

［注释］

南京大屠杀，是抗日战争时期日本侵略者屠杀中国人民的暴行。1937 年 12 月，日军侵占南京，在华中派遣军司令松井石根和第六师团长谷寿夫指挥下，对中国人民进行了长达六周的血腥大屠杀。根据远东国际军事法庭调查报告：在南京中国军民被集体枪杀和活埋的有 19 万多人，零散被杀居民仅仅收埋的尸体有 15 万多具。这是日本法西斯对中国人民犯下的滔天罪行。抗日战争胜利后，松井石根被远东国际军事法庭处以绞刑，谷寿夫被引渡给中国政府处决。

满江红·公祭

一二一三，大屠杀，惨绝人寰。
三十万，无辜同胞，命丧黄泉。
鲜血染红长江水，尸骨遍地堆成山。
南京陷，全城杀声起，血飞溅。

贼倭寇，太凶惨。烧杀淫，刺刀穿。
民族仇和恨，永记心间。
铭记日寇侵华史，奋发图强谋发展。
公祭日，告慰死难者，永安眠。

［注释］

公祭：2014 年 2 月 27 日，十二届全国人大常委会第七次会议上，经表决通过决定，将 12 月 13 日确定为南京大屠杀死难者国家公祭日。

七律

游秦淮

十里秦淮[1]划叶舟，两岸灯火随波流。
笙箫起处轻歌舞，桨声如诉月如钩。
夫子庙[2]前花灯会，喜庆婚宴满酒楼。
明清店铺依如故[3]，而今繁华胜十筹。

［注释］

①十里秦淮：是指秦淮河内河所谓“六朝金粉”最繁华的地带。

②夫子庙：位于秦淮河北岸的贡院街旁，这里每年农历正月初一至十八举行大型灯会，热闹非凡。

③明清店铺依如故：自 1985 年以来，南京市政府修复了夫子庙古建筑群，两岸粉墙红瓦，店铺街巷都呈现出古香古色的明清风格。

七律

苏州赞

三月姑苏[1]好春光，百花争妍柳丝长。

小桥流水穿街过，茶馆酒楼绸缎庄。

游罢园林寒山寺[3]，美食茗茶细品尝。

人称东方威尼斯[4]，我赞苏州胜天堂。

［注释］

①姑苏：在古城西南，有一座姑苏山，苏州由此得名，故苏州城又称姑苏城。

②畅游园林寒山寺：苏州素有“园林甲天下”之美誉，现保存完好的古典园林达 60 多处，其中拙政园、留园是“中国四大名园”之中的两园。寒山寺位于苏州城西 5 千米处的枫桥镇，建于南朝梁天监年间（502—519）。因有唐朝诗人张继所写的《枫桥夜泊》而名扬天下。“月落乌啼霜满天，江枫渔火对愁眠。姑苏城外寒山寺，夜半钟声到客船”之名句，读后令人回味无穷，遐想万千。

③东方威尼斯：苏州是著名的江南水乡，古城内外水巷纵横，河道成网，河道总长达 35 千米，有大小桥梁 170 余座，被人称为“东方威尼斯”。

水调歌头·镇江[1]颂

登临北固山[2]，漫步凌云亭。
远眺江天一色，碧波似潮涌。
东西两山对峙，庙宇气势恢宏，掩映丛林中。
昔日甘露寺[3]，孙刘结联盟。

诸葛谋，烧赤壁，破曹营。
三气周郎，赔了夫人又折兵。
东望焦山[4]如画，西览金山胜景[5]，触景皆生情。
古城永不老，今朝更年青。

［注释］

①镇江：镇江市位于长江下游南岸，东距南京市约 60 千米，长江和京杭大运河在这里交会，水陆交通十分方便，是我国历史文化名城，距今已有 3000 多年的历史。

②北固山：位于镇江市东北长江南岸，因地势险要，山河壮美，相传南朝梁武帝见此，写下了“天下第一江山”六字，现有石刻永存。

③甘露寺：位于北固山后峰之上，因建于三国东吴甘露元年(265)故名。相传这里曾是三国刘备招亲、孙刘结盟之地。

④焦山：位于镇江市东北长江之中。这里的古迹有：东汉、唐等朝代在这里兴建的定慧寺，它是江南佛教圣地之一；焦山石刻，名扬中外，占地3751平方米，内藏历代碑刻463方，为全国重点文物保护单位；另外，还有鸦片战争时期清朝建筑的抗英炮台遗址。

⑤金山胜景：金山寺位于镇江市西北约3千米处，始建于东晋。亭台楼阁依山而建，壮丽辉煌，为国内佛教禅宗名寺。金山寺中现存四洞，即法海洞、白龙洞、朝阳洞和仙人洞，其中前两洞与水漫金山传说相关，尤其令人向往。

七律

徐州赞

江北重镇徐州城①，卧虎藏龙南山②中。
秦末汉初刀兵起，刘邦称帝③咸阳宫。
自古兵家必争地④，淮海告捷克南京⑤。
六十余年乾坤转，民富国强享太平。

［注释］

①徐州城：位于南京市北约 350 千米处，古称彭城，尧、舜时为我国九州之一，至今已有 4000 多年的历史。

②南山：指位于徐州市南郊的云龙山。此山南北长约 3 千米，连绵起伏九节，形似卧龙。相传汉高祖刘邦曾隐居山中，山中有一股云气形若苍龙，吕后顺着云气找到了刘邦。

③刘邦称帝：刘邦（前 256—前 195），字季，今江苏省沛县人。秦二世元年（前 209）响应陈胜起义，称沛公。陈胜牺牲后，他率领起义军于前 206 年一举攻占秦都咸阳，秦王子婴投降。后与项羽争夺皇位达五年之久，终于击败项羽，于前 202 年建立西汉王朝，即皇帝位。

④自古兵家必争地：徐州是我国有名的古战场之一，据史料记载，从传说中的夏代至中华人民共和国成立，发生在

徐州地区较大规模的战事就达400余起。

⑤淮海告捷克南京：中国人民解放军从1948年11月6日至1949年1月1日，以徐州为中心，向国民党军队展开了一次规模巨大的战役，即淮海战役。该战役共歼敌55万余人，基本上解放了长江以北的广大地区。紧接着于1949年4月23日一举攻克南京，为最后解放全中国创造了有利条件。

水调歌头·扬州颂

春暖江北岸，结伴下扬州。
古城英姿焕发，客商似水流。
漫步瘦西湖畔，长堤绿荫垂柳，花开满枝头。
登上五亭桥，放眼览四周。

望白塔，大明寺，名园楼。
几多辉煌，康乾六度巡扬州。
文物古迹荟萃，八怪书画独秀，名作传千秋。
逛街巷夜市，品佳肴美酒。

［注释］

扬州位于南京市东约100千米处，南临长江，中贯大运河，是我国历史文化名城，距今已有2500多年的历史。因这里水陆交通发达，历史上曾是东南地区政治、经济、文化的大都会，唐至清代几度繁荣，素有“商贾如织”“富甲天下”之誉。清朝康熙、乾隆二帝，曾六下扬州巡游，在瘦西湖沿岸，建造了100余处建筑群，构成了“三十里楼台，二十四景”“两岸花柳全依水，一路楼台直到山”的壮丽景观。扬州“八怪”的书画，独树一帜，成为有名的扬州画派。另外，这里的园林、雕刻、手工艺品，都独具特色，在国内外享有盛誉。

浙江省·浙游随记

浙江省，简称浙。位于东海之滨，史称吴越之地，境内山河锦绣，峰峦起伏，森林密布，四季常青。文物古迹琳琅满目，古刹寺庙遍布深山峻岭，掩映在苍松翠柏之中。天台石梁落飞瀑，雁荡峡谷流清泉，富春江、古运河风光如画，钱塘江观海潮，巨浪滔天。湖泊、岛屿星罗棋布，河流、水渠曲折蜿蜒。穿越路桥，绕过村边，明清建筑随处可见，依山傍水，祠堂庭院，粉墙黛瓦，翘角飞檐。房前水池，莲花盛开，房后竹林茶园，溪畔水牛耕田，人生谁不恋江南！

黄金海岸杭州湾，岛屿数千，渔帆点点，“海天佛国”普陀山，寺院僧庵林立，庙宇殿堂，辉煌壮观，历朝帝王赐御匾。南海观音头顶蓝天，脚踏普陀之巅，世代呵护打鱼船。百姓四季进香火，祈祷赐福保平安，嵊泗列岛大渔场，年年丰收万家欢。

漫步西子湖畔，游览十大景点，久闻“苏堤春晓”，今日步行其间，晨风拂面柳浪起，烟雨朦胧堤两岸，远眺孤山似蜃楼，六桥长堤花枝展，夕阳晚照雷峰塔，晚钟起落南屏山，“三潭印月”如梦景，湖面荡漾小客船，情人断桥来相会，但愿千里共婵娟。真难辨，这里是天堂？还是人间？

沁园春·浙江行

走遍浙江，物华天宝，人杰地灵。
纵观数千年，文化灿烂；英才辈出，百业俱兴。
古都杭州[①]，两朝盛世，今逢改革更繁荣。
三十年，经济大发展，四海称雄。

绍兴古城[②]漫步，说不尽、江南水乡情。
钱塘观海潮[③]，巨浪排空；涛声如雷，万马奔腾。
西子湖畔，苏堤春晓[④]，柳浪起燕语莺声。
新世纪，迈向现代化，再攀高峰。

［注释］

①古都杭州：杭州是我国七大古都之一，是中国历史文化名城。自秦汉设县以来，距今已有2000多年的历史。最辉煌的时期是五代时的吴越国（893—978）和南宋王朝（1127—1297），在237年里，先后有14位帝王在此建都，杭州成为当时全国最为繁华的大都会。

②绍兴古城：位于杭州市东约60千米处，是我国历史文化名城，是人民的好总理周恩来祖居之地和著名作家鲁迅先生的故乡。

③钱塘观海潮：钱塘江因流经古钱塘县(今杭州)而得名。每年农历八月中旬，钱塘江潮水迅猛增涨，潮头高达3—5米，汹涌澎湃，令人惊心动魄。“钱江秋涛”是闻名世界的自然奇观。

④苏堤春晓：苏堤位于杭州西湖的西侧，南北全长2.8千米，堤上建有石拱桥6座，因是大诗人苏东坡主持兴建，故称苏堤。“苏堤春晓”是“西湖十景”之冠，特别在春日之晨，景色之美令人陶醉。

七律

游西湖

翠湖苏堤白沙柳[①]，烟雨朦胧几叶舟。
更鼓起落灵隐寺[②]，惊散“仙侣”断桥头[③]。
历代兴衰多少事，名诗绝句赞风流。
如今西湖更秀美，人间天堂在杭州。

［注释］

①翠湖苏堤白沙柳：苏堤是宋朝诗人苏东坡在主持疏浚西湖时，筑成的南北长 2.8 千米的一条大堤，堤上遍植垂柳，春日烟柳拂面，风光迷人。“白沙柳”是借唐代大诗人“最爱湖东行不足，绿杨荫里白沙堤”之名句，有感而发。

②灵隐寺：位于杭州市西湖西北灵隐山麓，是我国佛教禅宗十刹之一。始建于东晋，后经历代扩建大修，规模宏伟，是华东地区佛教活动的主要场所之一。

③惊散仙侣断桥头：在西湖白堤的东头，有一座独孔环洞桥，名断桥。在民间神话故事《白蛇传》中，断桥因白娘子和许仙“断桥相会”的典故而扬名。

永遇乐·古城绍兴①

古越之都，人文荟萃，举世闻名。
文物古迹，琳琅满目，尽在诗画中。
会稽山下，大禹庙陵②，华夏世代尊崇。
箭楼上、“卧薪尝胆”③，越王雪耻称雄。

流觞集诗，三十七首，羲之挥毫《兰亭》④。
文豪出世⑤，奋笔呐喊，睡狮猛醒。
百年奋斗，民族复兴，祖国富强繁荣。
看今朝、绍兴崛起，光祖耀宗。

［注释］

①绍兴：位于杭州市东约60千米处，是中国历史文化名城，春秋战国时为越国都城。1130年后，曾作为南宋临时首都而起名绍兴，一直沿用至今。

②大禹庙陵：相传，大禹是古代治水的英雄，约在4000多年前，曾在会稽大会诸侯，死后葬于会稽山下，大禹深受历代帝王和百姓的尊崇。

③“卧薪尝胆”：相传，春秋战国时，吴越争霸，越王勾践战败后被俘。回国后，越王不忘国耻，遂筑一箭楼，上挂

苦胆，下卧柴堆，20 年后，终于战败吴国，洗雪了国耻。“卧薪尝胆”便传为佳话，留传至今。

④羲之挥毫《兰亭》：兰亭位于绍兴市西南约 12 千米的兰渚山麓，是一处有名的古式园林。相传，大书法家王羲之于东晋永和九年（353）三月初三，会集名流 41 人在此游春，乘酒兴赋诗，最后得诗 37 首。王羲之随后提笔写了一篇 324 字的序文，这就是名扬天下的《兰亭集序》。

⑤文豪出世：鲁迅原名周树人，字豫才，1881 年生于浙江绍兴，卒于 1936 年，是中国现代伟大的文学家、思想家、革命家，是民族的脊梁。他的故居建有纪念馆，让后人永远怀念他的不朽功绩。

满江红·普陀山①

海天佛国、普陀山，山海相连。
历五朝②，寺院林立，僧众数千。
心诚惊动天和地，几代帝王赐御匾。
普济寺③、观音做道场，设经坛。

观音像④，立海边；高十丈，佛光闪。
慧眼观沧海，白帆点点。
西来菩萨落宝地⑤，呵护海上打鱼船。
祈福祉、年年进香火，求平安。

［注释］

①普陀山：位于浙江省宁波市东约70千米处，是舟山群岛的一个岛屿，面积12.5平方千米，为我国四大佛教名山之一，人称“海天佛国”

②历五朝：据传，日本僧人慧锷（一作萼）于唐咸通四年（863）春在五台上请到一尊观音像，同年四月渡海归国，经梅岑山（普陀山）附近时遇大风浪，船不能行，慧锷请出观音像立于潮音洞旁，祈拜而去。当地居民张氏后将观音请到家中供奉，称“不肯去观音”。后梁贞明二年（916），当地官府修“不肯去观音院”。历经唐、宋、元、明、清几朝的

扩建，普陀山寺院规模宏大，最盛时，全山有3寺、6院、88庵、128茅蓬，僧尼达4000之众，曾有“逢宅皆寺院、遇人即僧尼”之说，盛况空前。

③普济寺：是普陀山的主要建筑，供奉的是观音菩萨，佛祖释迦牟尼却退居到三进殿内。据传，这是宋代皇帝宋宁宗之意，并于1214年御赐“圆通宝殿”匾额，以示恩崇。另外，清康熙三十八年（1699）在重建法雨寺时，也御赐“天花法雨”匾额一块，故有今名。

④观音像：1979年，普陀山新建了一尊露天立体铜身大佛“南海观音”，总高33米，重达70吨，成为普陀山“海天佛国”的象征。

⑤西来菩萨落宝地：相传863年，日本和尚慧锷从五台山迎奉了一尊观音像，在回国途中，路经普陀山，因大风受阻，不能回国，慧锷认为是观音不肯去日本，于是慧锷和尚便留下佛像，此为“不肯去观音院”缘起。

水调歌头·西塘赞

西塘①美如画，古镇水有情。
九河穿街过巷②，千年从未停。
石桥码头密布，车船八方贯通，百业皆兴隆。
民居依河建，豪宅始明清③。

水阳楼，雁塔居，古皮弄④。
“烟雨长廊⑤”，夜亮千盏红灯笼。
廊内店铺林立，茶馆酒吧歌厅，船在廊外行。
轻摇手中桨，划破水倒影。

［注释］

①西塘：即西塘古镇，位于嘉兴市西北嘉善县北约 10 千米处，是全国最大的水乡古镇，距今约有 1000 多年的历史。

②九河穿街过巷：在西塘古镇区内，有 9 条河流，纵横交织，将古镇分成 8 个自然区块，通过 27 座石桥互相连通。

③豪宅始明清：古镇内明清建筑鳞次栉比，其中最有名的豪宅有姚宅（雁塔居）、方宅（桐村雅居）和水阳楼等。

④古皮弄：即石皮弄，它是西塘古弄的代表，原是专供大户人家男仆行走的通道，现在成了西塘独特的一景。

⑤烟雨长廊：在江南为了防备在雨天人们出行不便而在门前搭起的廊棚，而在一条街上家家户户门前都有搭起这样的廊棚时，便自然形成了近千米的长廊，这就是所谓的“烟雨长廊”。尤其在华灯初上时，挂在屋檐下的数百个大红灯笼一起绽放，夜景万分壮观。

卜算子·咏塘

绵延三百里，上下越千年。
为防大潮袭江口，筑塘保平安。

中秋观海潮，碧波起狂澜。
巨浪排空声若雷，塘堤稳如山。

［注释］

钱塘江海塘位于嘉兴市南约60千米处，北岸从杭州到金丝娘桥，南岸从杭州至曹娥江口，绵延300多千米。工程浩大，极为壮观。据史料记载，为防钱塘江大潮的侵袭，自唐开元元年（713）起，就在盐官一带筑塘，历代修缮。现存建筑为清代重修，全部为石塘。

钱塘江潮为天下一大奇观，每年农历八月中旬，潮汛来临时，翻江倒海，咆哮如雷，浪高达4—5米，令人惊心动魄，游人数万计。国内外都享有盛誉。

福建省·闽游随记

福建省，简称闽。位于我国东南沿海，隔海峡与台湾省相望，全省海域辽阔，海岸线长达 3300 多千米，岛屿 1400 多个，港湾船舶云集，港口巨轮穿梭。福州港在宋代已远航日本、南洋、阿拉伯等地。泉州港在唐代已成为中国四大港口之一，宋、元鼎盛时期和世界 100 多个国家和地区有商贸往来，享有“东方第一港”之誉。

明朝航海家郑和七下西洋，从福州港起航，拓展“海上丝绸之路”，途经 30 多个国家和地区，进行商贸文化交流，创下了辉煌的历史功绩。随着我国“一带一路”建设的发展，福建省将迎来更加辉煌的明天。

福建省由于航海事业发达，所以境内的文物古迹，名人奇事，也大都和航海有关。位于闽江北岸的罗星塔，建于宋代，是国际公认的航标、闽江门户标志，有“中国塔”之誉。位于九日山的宋祈风石刻群，是我国与亚非人民友好交往的历史见证。生于湄洲岛的渔家女林默娘，一生为当地过往船只和渔民做了很多善事，不幸 28 岁早逝。最初莆田百姓修庙祭念，后来历代帝王封她为“天妃”“天后”“圣母”，尊为“海神”。建于湄洲岛的妈祖庙，为世界妈祖信徒的朝圣之地。在泉州市郊，建于北宋皇祐五年（1053）的洛阳大石桥和建于南宋绍兴八年（1138）的安平港大石桥，不论在当时还是当代，都是独一无二的奇迹。

福建省山河秀丽，绿野千里，四季常青，著名的武夷山风景区，被联合国列入《世界遗产名录》。千百年来，历史遗留下来的古居名宅，遍布全省各地，其中位于福州市区的“三坊七巷”和分布在闽南的客家土楼，在我国民居建筑中独树一帜，是我国的宝贵财富，愿千年古迹永放光芒。

沁园春·福建行

东海之滨，碧波万顷[①]，鱼米满仓。
看江河两岸，山川起伏；名茶花果，四季飘香。
黄金海岸[②]，船舶如织，五洲客商聚海港。
侨乡变[③]，迈向现代化，游子向往。

台湾隔海相望，抗日雪耻百年沧桑。
拜妈祖女神[④]，祈祷和平；两岸同胞，共铸辉煌。
岁月悠悠，潮落潮涨，将军扬眉望东方[⑤]。
盼未来，华夏归一统，国富民强。

［注释］

①碧波万顷：福建省位于我国东南沿海，海域面积13.6万平方千米，陆地森林覆盖率居全国之首。闽东南农作物每年可二至三熟，福州素有“花果鱼米之乡”的美誉。

②黄金海岸：福建省海岸线长达3300多千米，福州马尾、厦门、泉州是著名的国际海港。早在清代，马尾港就已成为我国最大的造船和海军基地。泉州是天然良港，宋、元鼎盛时期，曾与世界100多个国家有贸易往来，是“海上丝绸之路”的起点。

③侨乡变：福建厦门、泉州等地是我国著名的侨乡。集美镇是爱国华侨陈嘉庚先生的故乡，现建有陈嘉庚先生的墓园，永世纪念。改革开放以来，海外游子纷纷回国探亲访友，投资经商，为故乡的发展发挥了重要作用。

④拜妈祖女神：妈祖庙位于湄州岛，始建于宋，后经历代扩建，现已成为世界各地妈祖庙的祖庙，有“东方麦加”之誉。

⑤将军扬眉望东方：在鼓浪屿东南，为纪念郑成功收复台湾 300 周年和郑成功诞辰 361 周年，雕塑了一尊高 15.7 米，重 1400 多吨的白色花岗岩郑成功全身像。将军身披盔甲，手按宝剑，面向大海，仰望台湾，令后人怀念。

水调歌头·厦门行

幸游鼓浪屿[①]，登上日光岩[②]。
遥望大海彼岸，宝岛似玉盘。
百年沧桑风雨，屡起战火硝烟，何日得团圆。
民族和为贵，大义重如山。

反台独，促统一，谋发展。
破除阻碍，两岸往来亲无间。
待到江山一统，我辈告慰祖先，英烈笑九泉。
中华已崛起，巨龙舞高天。

［注释］

①幸游鼓浪屿：鼓浪屿是位于厦门市西的一个小岛，面积 1.84 平方千米。因岛上四季长青，百花争艳，亭台楼阁，琴声悠扬，故享有“海上花园”“音乐之岛”之美誉。

②日光岩：又名晃岩，高 90 米，是鼓浪屿的最高峰，峰上建有日光寺，每当日出，阳光正射山岩，由此得名。登上岩顶，可遥望海峡对面的大担、二担、圭屿、青屿诸岛。明末清初，民族英雄郑成功曾屯兵于此。

七律

厦门鼓浪屿

明月皎皎照鹭岛①，沙滩绵绵戏海潮。
夜半琴声人陶醉②，忽闻百鸟鸣树梢。
朝阳催醒鼓浪屿，游客已渡菽曲桥③。
看罢郑公业绩展④，两岸同胞当自豪。

［注释］

①鹭岛：厦门的别称。

②夜半琴声人陶醉：鼓浪屿素有“钢琴乡”“音乐岛”之称，漫步鼓浪屿街头，处处可听到悠扬的琴声，优雅的名曲让人流连忘返。

③菽曲桥：在日光岩南麓，有一处菽庄公园，有“海上明珠”之称。园内的主要景点是建在海上的四十四曲桥，桥全长 100 米，桥上有观钓台、渡月亭、千波亭等。

④郑公业绩展：在日光岩北面，建有郑成功纪念馆。馆内陈列着民族英雄郑成功的许多历史文物，介绍英雄的青少年时代与其抗清活动、驱逐荷兰殖民者、收复和开发台湾等内容。

蝶恋花 · 武夷山①

武夷水秀山峻峭，
三十六峰、直插九云霄。
九曲溪②水几回绕，十里画廊丹青描。

太公溪畔垂钩钓③，
文王出世、开创大周朝。
朱子立说④传世宝，一壶岩茶⑤自逍遥⑤。

［注释］

①武夷山：位于福建省西北部，有 36 峰，主峰黄岗山，海拔 2158 米。武夷山是我国著名的风景区之一，1999 年被联合国列入《世界遗产名录》。

②九曲溪：发源于武夷山自然保护区黄岗山南麓，全长 60 千米。经星村进入武夷山景区后，折为九曲，形成“曲曲山回转，峰峰水抱流”的自然景观。

③太公溪畔垂钩钓：相传，当年姜子牙曾隐居武夷山中。他直钩垂钓以待文王的故事，就发生在这里，至今还流传着“不钓鱼与鳖，专钓王与侯”的民谣，并且在溪石之上，还留有姜太公的脚印。

④朱子立说：宋朝理学大师朱熹，在武夷山定居50余年，著书70余部，创立了朱子理学思想体系，对后世有着深远的影响。

⑤岩茶：武夷山是我国著名产茶区之一，位于天心庵西的九龙窠，是“大红袍”岩茶的产地，现仅存三丛，极为名贵。

水调歌头·福州行

登上白塔[①]顶，俯瞰古榕城[②]。
市郊峰峦叠起，密林绿葱葱。
闽江[③]横贯东西，巨轮昼夜穿行，两岸楼高耸。
漫步于山[④]道，举目皆胜景。

戚公祠，摩崖刻[⑤]，万象亭。
重游街区，三坊七巷[⑥]负胜名。
七巷人文荟萃，三坊卧虎藏龙，人去楼为凭。
时光虽无痕，历史总留情。

［注释］

①白塔：又称定光塔。位于白塔寺后面，始建于唐天祐元年（904），后毁于雷火，明嘉靖二十七年（1548）重建。

②榕城：福州的别称。

③闽江：发源于五夷山区，是福建省最大的水系，全长577千米，流域面积6万余平方千米。闽江在福州市区由西向东穿城而过，是该市重要的水上交通要道。

④于山：位于福州市中心区。相传汉代有于氏九兄弟在此修仙炼丹，故又称九仙山。山高58.6米，面积11.9万平方米。

⑤摩崖刻：即摩崖石刻。主要集中在鳌顶峰、金粟台等处，现存有从宋代至近代石刻100余处，最早的距今已有1000多年的历史。

⑥三坊七巷：位于福州市鼓楼区安泰河边，占地面积15.84公顷，保留有近百座明清时期的古房屋，被称为福州明清古建筑博物馆。“三坊”即衣锦坊、文儒坊、光禄坊。“七巷”即杨柳巷、郎官巷、塔巷、黄巷、安民巷、宫巷和吉庇巷。这些巷每一处都有着一段辉煌的历史，其中大部分是历代达官贵人的府第，还有一部分是名人故居。

满江红·泉州行

海滨古城、泉州市，历史辉煌。
千百年、造船建港，扬帆远航。
南海穿越马六甲，西下横渡印度洋。
东西方、文化大交流，睦邻邦。

古庙宇，新教堂。清真寺，西洋房。
客商遍天下，东方大港。
清源山前老君笑，海外游子归侨乡。
看今朝、开放促发展，国富强。

［注释］

泉州是国务院首批公布的历史文化名城，建城历史已有2000余年，文物古迹，数不胜数。泉州是古代海上丝绸之路的起点，因此，其与海外的商贸、文化交流频繁，当时来自东南亚、印度、阿拉伯等国家的商人、旅行者络绎不绝。意大利著名旅行家马可·波罗看到泉州繁荣的盛况时，曾赞叹："商货、宝石、珍珠之多，竟不可思议。"与此同时，世界各大宗教也纷纷传入泉州，从而构成了泉州古越文化、中原文化与海外文化融为一体、具有世界性宗教文化特征的城市，当人们漫步这座古城街道时，竟有身处异国之感。

七律

泉州赞

史称东方第一港①，文物古迹世无双②。
唐宋出航东南亚，明朝郑和下西洋。
古城云集天下客，五湖四海有华商③。
游子欢聚妈祖庙，祝愿祖国更富强。

［注释］

①东方第一港：由于泉州具有天然良港的地理优势，很快发展成为海上丝绸之路的起锚之地，早在唐代就已是中国四大商港之一。宋、元鼎盛时期，与世界上100多个国家和地区有商贸往来，当时与埃及的亚历山大港齐名，因此，被誉为“东方第一大港”。

②文物古迹世无双：常言道：“地下看西安，地上看泉州。”泉州名胜古迹之多、品位之高，实属罕见。例如现存规模最大、历史最为悠久的妈祖庙（即天后宫），千年古刹开元寺及其寺内的两座石塔和已有1300多年树龄的古桑，我国现存最古老、跨度最大的古石桥洛阳桥、安平桥，九日山宋代祈风石刻群，清源山老君石刻等。另外，还有一些独一无二的古迹，如古老的伊斯兰教寺庙清净寺、世界惟一的摩尼教寺庙以及灵山伊斯兰圣墓等。

③五湖四海有华商：泉州在与海外通商的鼎盛时期，有一大批泉州人到海外去经商谋生。因此，泉州是我国著名的华侨之乡。

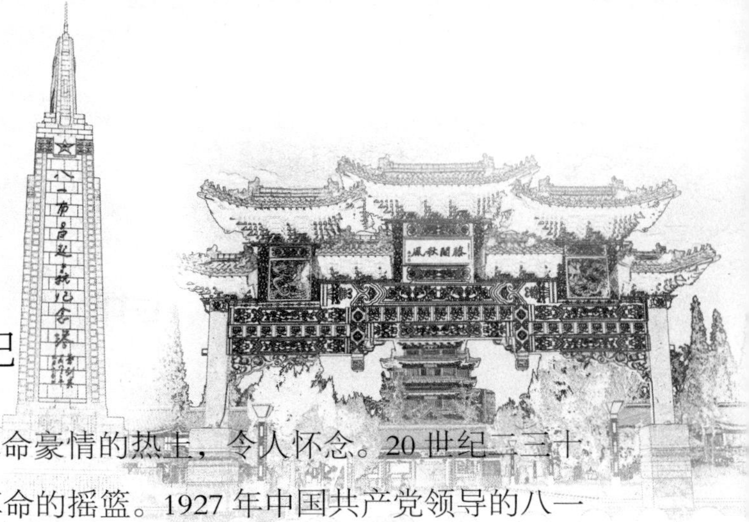

江西省·赣游随记

江西，这片充满革命豪情的热土，令人怀念。20 世纪二三十年代，这里曾是中国革命的摇篮。1927 年中国共产党领导的八一南昌起义，打响了武装反抗国民党的第一枪，随后革命军人转战湘南。1928 年 4 月，毛泽东、朱德两位伟人，会师井冈山，中国工农红军第四军诞生，建立中华苏维埃政权，开辟革命根据地，赣、闽、湘连成一片，开展土地革命，打土豪、分田地，搞得热火朝天。1930 年 11 月至 1933 年 10 月，在不到 3 年的时间里，国民党调集了 200 多万兵力，对我根据地进行了 5 次“围剿”。在毛主席、朱总司令的领导下，运用机动灵活的战略战术，粉碎了前 4 次“围剿”，谱写了毛主席战略思想辉煌的诗篇。饮水思源，没有革命老前辈们的流血牺牲，哪有幸福的今天。

游赣随团到庐山，“匡庐奇秀”誉江南，景区方园数百里，九十九峰触青天，一年四季美如画，夏无酷暑冬微寒，巅峰云雾缭绕，飞瀑飘落九天，峡谷溪水流淌，奇松怪石，随处可见。历代文人墨客，到此参观游览，留下诗词千百首，摩崖石刻耸云端，画卷墨宝皆珍品，名言绝句世代传，难识庐山真面目，只缘云雾遮眼帘。

畅游江西到婺源，美丽乡村在眼前，山青水秀美如画，万物融入大自然，村庄依山傍水，民居坐落河边，粉墙黛瓦相衬，飞檐斗角高悬，门窗雕琢精细，庭院布局美观，街道小桥流水，青石铺展路面。课堂童声朗朗，世代育人为先，古今名人辈出，文化光辉灿烂。村外茶园竹林，处处花枝招展，人称世外桃源。

满江红·南昌行（纪念八一建军节）

南昌城头，枪声响，冲破黎明。
炮火中，敌军溃散，红军诞生①。
雄踞井冈八百里②，击退围兵万千重③。
救民族，长征经百战，无不胜。

反侵略，建奇功；战辽津④，克南京。
新中国成立，举世欢腾。
将士热血洒疆场，誓为统一保和平。
子弟兵，无敌于天下，心最红。

［注释］

①红军诞生：1927年，“大革命”失败后，中国共产党为挽救革命，决定在南昌举行武装起义。当年7月下旬，周恩来、朱德、贺龙、叶挺、刘伯承等党的重要领导干部和革命武装3万余人，以“东征讨蒋”名义，于1927年8月1日凌晨2时，向国民党打响了第一枪，全歼守敌1万余人，缴枪1万多支，摧毁了江西伪政权。之后，由朱德同志率领武装部队上了井冈山。

②雄踞井冈八百里：井冈山地处湘、赣边境的罗霄山脉

中段，总面积 660 平方千米。中部多崇山峻岭，最高处海拔 1841 米，是闻名中外的革命根据地。

③击退围兵万千重：指第一次反“围剿”取得了重大胜利。

④战辽津：指辽沈和平津两大战役。

水调歌头·井冈山

同怀革命志，会师井冈山[①]。
燃起燎原烽火，神州换新天。
团结打败日寇，奋勇扫平内患[②]，推倒三重山[③]。
共和国诞生，人民掌政权。

访茨坪[④]，心潮涌，水思源。
烈士墓前，后辈举手铭誓言：
献身统一大业，创建和谐家园，红旗代代传。
四化展宏图，井冈更壮观。

[注释]

①会师井冈山：指1927年10月，毛泽东率领秋收起义部队挺进井冈山，与朱德、周恩来会师。创立了第一个农村革命根据地。

②奋勇扫平内患：指解放战争。

③三重山：即帝国主义、封建主义和官僚资本主义三座大山。

④茨坪：在井冈山中心地带，当年红四军军部及党政领导机关均设在此处。1959年，在此建立了井冈山博物馆。

水调歌头·庐山行

登上五老峰[①]，正当旭日升。
脚下乱云飞渡，万山披彩虹。
鄱阳碧波万顷，遥望三叠泉瀑[②]，峡谷雾朦胧。
上接银河水，下泻如雷鸣。

寻故地，美庐[③]在，会堂空[④]。
风貌依旧，故人相识难相逢。
游罢白鹿书院[⑤]，漫步曲桥花径[⑥]，攀崖看石松[⑦]。
幸遇天作美，庐山露真容。

［注释］

①五老峰：位于庐山东南万松坪1千米处，海拔1375米。五峰陡峭挺拔，俨若五位长老席地而坐，故名。

②三叠泉瀑：三叠泉瀑布位于庐山以东的九叠谷中，瀑布落差百余米，依山势分为上、中、下三级，凌空下泻，一气呵成，为庐山第一奇观。

③美庐：美庐是由蒋介石命名的一栋别墅，它是中国历史上唯一一栋住过国共两党最高领袖的别墅。

④会堂空：指庐山会议旧址，是一座石木结构中西合璧

的建筑，现改为庐山人民剧院，曾是蒋介石培养国民党骨干的重要基地。1949 年后，中国共产党中央在这里召开过三次重要会议。

⑤白鹿书院：位于五老峰南麓，是我国最早的高等学府之一，曾是唐、宋众多名家读书和讲学的地方。

⑥花径：位于庐山牯岭西部。817 年，唐代诗人白居易来此旅游时，曾留诗一首，并手书“花径”两字刻石。

⑦石松：在牯岭西谷悬崖上的仙人洞有一巨石突出，此石称“蟾蜍石”，石背裂逢里长出一棵虬曲古松，称“石松”。

卜算子·瓷都赞

瓷都景德镇，脉搏连京城。
杯盘碗碟瓷花瓶，御选入皇宫。

前世陪帝王，后世变古董。
多少工匠献绝技，青史几留名？

［注释］

江西省景德镇市是闻名世界的“瓷都”，是国务院首批公布的历史文化名城。自汉代制作陶瓷起，距今已有1700多年的历史。宋真宗钦定该镇为专制宫廷用瓷之地，此后，历代王朝都在此设立御窑。至明代，景德镇已成为全国的瓷业中心，与广东佛山镇、湖北汉口镇、河南朱仙镇并称为“中国四大名镇。”

景德镇的陶瓷特产有青花瓷、玲珑瓷、粉彩瓷、薄胎瓷和雕塑瓷等，其特点是白如玉、明如镜、薄如纸、声如磬，以造型优美、品种繁多而深得皇家的喜爱。

永遇乐·婺源赞

美丽乡村，山青水秀，江西婺源。
峰峦环抱，古木参天，峡谷涌瀑泉。
油菜花开，水牛耕田，小河曲曲弯弯。
一幢幢、明清民宅，依山傍水而建。

粉墙黛瓦，翘角飞檐，庭院花枝招展。
名人故里，祠堂校园，耕读世代传。
“书乡”沃土，育才摇篮，仕宦门第数千。
婺源美、美在古朴，和谐自然。

［注释］

婺源位于江西省东北部，全县森林覆盖率高达81.5%，由于自然环境优美，明清建筑古朴典雅，且保存完好，故被誉为“中国美丽的乡村”。走进婺源，古祠堂、官邸、民宅、书房、廊桥、亭阁、轩榭等建筑，随处可见，尤其分布在李坑、延村、思溪、桃溪等村的明清民宅群，建筑工艺精湛，风格独特，被专家誉为“古建筑博物馆”和“艺术殿堂”。

婺源自古就有“江南曲阜”“山里书乡”之美称，自宋代以来，英才辈出。这里是理学大师朱熹、文学家朱弁、经学家江永、铁路专家詹天佑等名人的故乡。据史料记载，从明至清，婺源全县考取进士550人，出任仕宦者2665人。另外，该县文人著作繁多，其中被选入《四库全书》的达172部1487卷。

安徽省·皖游随记

安徽省，简称皖，省会合肥市。位于华东腹部，南有长江、新安江，北有淮河，三大水系纵横，穿越全境，流域广阔，沃野千里，鱼米之乡，五谷丰登。境内山青水秀，人杰地灵，书香门第，世代传承，盖世英才，层出不穷。东汉魏武曹操（安徽亳州）称雄，神医华佗（安徽亳州）千古扬名，东吴名将周瑜（安徽舒城）、鲁肃（安徽定远），联刘抗曹，赤壁之战，大破曹营；北宋清官合肥包拯；明朝太祖（安徽凤阳）出身贫穷，16 岁出家，40 岁称帝，开创 260 年基业，一朝修筑 6700 千米长城，留下无数文物古迹，让四海宾客，共赏华夏文明。

有人说，“五岳归来不看山”，而我偏向黄山行，黄山魅力在何处，走进景区方知情，景区方园数百里，矗立七十二峻峰，莲花、天都、光明顶，三大主峰直通玉皇宫。奇松古树满山野，傲立悬崖半空中。日出日落观云海，锦绣山河披彩虹，遥望瀑布从天降，飞泻深潭似雷鸣。怪石遍布峡谷内，千姿百态露峥嵘。登山攀岩虽劳累，泡泡温泉一身轻。莫说“看岳不看山”，各有千秋最公平。

徽州古民居，世外桃花源，村依青山峻岭下，面向湖畔小河边。家家粉墙黛瓦，户户重楼深院，高大青石门坊，砖木雕刻精湛，宛如艺术会展。街巷石板铺路，道旁流水潺潺，庭院内外，花技招展。村外竹林茶园，田野百花争艳蝶飞舞，山坡盛开红杜鹃。人与自然和谐共处，西递、宏村堪称典范，均被列入《世界遗产名录》。

水调歌头 · 安徽行

巢湖八百里[①]，长江贯西东。
淮河蜿蜒如带，黄山[②]露峥嵘。
盖世英才辈出，孟德[③]、元璋[④]称雄，合肥育包拯[⑤]。
览江淮腹地，游“艺术迷宫”。

古民居[⑥]，石牌坊[⑦]，明皇陵[⑧]。
琳琅满目，数千年、华夏文明。
徽商走遍天下，诚信四海享通，城乡俱繁荣。
改革铺新路，再攀新高峰。

［注释］

①巢湖：位于合肥市东南 40—80 千米处，是我国五大淡水湖之一，面积 753 平方千米，湖周 200 千米，因湖呈鸟巢形，故名。

②黄山：位于安徽省南部，方圆 250 平方千米，其中景区约 150 平方千米，重峦叠嶂，奇峰相连，集我国名山胜景于一身，自古享有“天下第一奇山”之美誉。

③孟德：曹操，字孟德，安徽亳州人，是三国时著名的政治家、军事家。官渡之战后，逐渐统一了中国北部，进为

丞相，受封魏王。其子曹丕称帝后，追曹操为魏武帝。

④元璋：朱元璋，安徽凤阳人，1368 年称帝，国号大明。

⑤包拯：安徽合肥人，是北宋名臣，他为官清正，民间俗称“包青天”。

⑥古民居：皖南地区有明、清时期众多的民居建筑群，是安徽重要的人文景观。著名的有歙县古城古建筑群、黟县明清古民居。古民居重楼深院，鳞次栉比，马头山墙，青石铺道，素有“明清民居博物馆”之称。

⑦石牌坊：是安徽省的又一大景观。棠樾牌坊群规模宏伟，雕刻精细，为全国重点文物保护单位。

⑧明皇陵：位于凤阳县城西南 8 千米，是明太祖朱元璋父母的陵墓。朱元璋的大哥、大嫂、二哥、二嫂和两个侄子也葬于此。陵区风光优美，气势非凡。

七律

游黄山[1]

晨观日出晚赏霞，夜听松涛昼攀崖。
踏云登上光明顶[2]，观音脚下开莲花[3]。
凌空飞来一顽石，鲫背[4]回首望西峡。
迎客松[5]前留一影，不虚今生度年华。

［注释］

①黄山：秦代称黟山，唐天宝六年（747），唐明皇依据轩辕黄帝来黟山采药炼丹、乘龙升天的传说，更名为黄山。

②光明顶：位于黄山中部，海拔 1841 米，为黄山第二高峰。

③莲花：指莲花峰。位于黄山中部，海拔 1873 米，为黄山三大主峰之一。

④鲫背：指天都峰最险处的鲫鱼背，是一段长 10 米，宽 1 米的石梁，光滑狭窄，两侧是万丈悬崖，形似浮出云海的鲫鱼。

⑤迎客松：在黄山南部玉屏楼东面的文殊洞上，为一棵破石而出的千年古松，高 10 余米，为黄山风景区的标志。在古松前留影纪念的游客络绎不绝。

满江红·九华山[1]

佛教圣地、九华山，四海名扬。
放眼望，寺院林立[2]，金碧辉煌。
僧侣云集化城寺[3]，地藏菩萨[4]设道场。
祈天下，人间充满爱，无忧伤。

疾邪恶，倡善良；谋福祉，求安康。
悠悠千百载，历史尽沧桑。
欣逢改革大潮起，盛世中华谱新章。
同祝愿，祖国大发展，更富强。

［注释］

①九华山：位于安徽省南部青阳县境内，是中国佛教四大名山之一。原名九子山，后因在诗圣李白的诗中有“遥望九华峰”之赞语，故改称九华山。

②寺院林立：九华山自唐至德二年（757），由青阳人诸葛节开建第一座寺庙以来，历经唐、宋、元、明、清五朝的扩建，明、清时达到鼎盛时期。当时寺院360余座，僧众4000余人，享有“佛国仙城”之誉。

③化城寺：又名开山寺，位于九华山中心地带。唐建中

二年（781），被辟为地藏菩萨道场。

④地藏菩萨：相传在唐开元（713—741）年间，古新罗国（今韩国）王族金乔觉渡海来到九华山苦修，于唐贞元十年（794）99 岁时坐化，后被信徒们奉为“地藏菩萨”，建“地藏塔”以供朝拜。自此，九华山便成为佛教圣地。

七律

老街赞

游览屯溪一条街，宛如穿行数百载。
漫步褐红石板路，宋韵清风扑面来。
路旁店铺千百座，茶楼书场人如海。
鎏金牌匾老字号，文房四宝育人才。

［注释］

屯溪老街位于黄山市中心地段，全长约1500米，是目前我国保存最完好，具有宋、明、清时代建筑风格的步行商业街，距今已有400多年的历史。路面全部为褐红色麻条石铺成。沿街两侧有鳞次栉比的茶楼、酒店、书场、墨庄、商场等200多家，各种摊点200多个。老街的整体建筑，体现了典型的宋、明、清徽派民居风格，古色古香，故有“宋街”之誉。

改革开放以来，恢复了许多老字号店铺，开辟了古董一条街和文房四宝一条街，沿街“徽州四雕”产品随处可见，让游人流连忘返。

木兰花·徽居赞

徽州民居似兰花，风格古朴又典雅。
粉墙黛瓦水倒影，山前河畔百姓家。

宏村西递美如画，水墨淡清更潇洒。
明清宅第古来俏，苍松翠竹伴晚霞。

［注释］

古徽州即现在的黄山市，位于合肥南约350千米，是一座历史悠久、旅游资源丰富、人文景观众多的新兴旅游城市。全市现有地面文物古迹5000余处，尤其是至今保存基本完好的明、清时期的村落、街道、民居、祠堂、牌坊、桥梁等数不胜数。位于该市黟县的宏村、西递古村落，是安徽民居的典型代表，现存完好的明、清民居440余幢，其布局结构之巧妙，营造装饰之精美，为世所罕见，充分体现了民居与大自然的密切融合，是徽州文化的精髓，被世人誉为“中国画里的乡村”，2000年被联合国列入《世界遗产名录》。

山东省·鲁游随记

山东省简称鲁，省会济南市，位于华北平原东部，西与冀、豫两省接壤，东处黄、渤两海之中，黄河纵横穿越全境，两岸沃野千里，城乡欣欣向荣。京沪高铁，纵贯全省，境内高速，路网如织，海、陆、空八方畅通。

齐鲁大地，孔孟之乡，名胜古迹，灿烂辉煌。古城曲阜，中外向往，孔庙孔府，宫宇殿堂，御匾高悬，世人敬仰，名人碑刻，满目琳琅。少学圣贤，立人之本，壮学圣贤，兴国安邦，老学圣贤，教子成才，世代相传，渊远流长。

盘古开天地，身化万物生，血液变成江河海，二目圆睁日月明，头部化为泰山，须发变成星星。历代帝王拜始祖，设坛祭天玉皇顶。走进十八盘，如攀天梯行，两旁峭壁如削，石阶盘旋高升，祝愿民富国强万事兴。

山东半岛似利剑，直插黄、渤两海间，南临江苏连云港，北依辽宁渤海湾，黄金海岸三千里，良港吞吐四海船。沿海遍布大浴场，沙滩柔细软如绵。蓬莱仙境扬天下，荣城天鹅舞翩翩。青岛、烟台、威海卫，历史名城数千年。勿忘“甲午”民族恨，清朝割地又赔款。居安思危从长计，富国强军重如山。

满江红·齐鲁行

改革开放，三十年，齐鲁巨变。
看今朝，经济发达，科教领先。
高速纵横数千里①，一批明星大集团②。
奔小康，产业现代化，宏图展。

祭孔庙，铭圣言；信为本，民为先。
半岛美如画，碧水蓝天。
沂蒙商贸已崛起③，胶东④外联美日韩。
大开放，迎来大发展，勇向前。

［注释］

①高速纵横数千里：山东目前各市县、乡镇都有公路网，至 2005 年底，全省公路里程已达 70686 千米，其中高速公路达 2000 多千米，为全国高速公路最发达省份之一。

②一批明星大集团：改革开放以来，由于企业经济规模和科技实力的不断增强，山东省涌现出一大批明星集团，其中最著名的有青岛海尔集团、青岛啤酒集团等，这些企业在国际上都有极高的知名度和竞争力，为国家增光添彩。

③沂蒙商贸已崛起：临沂市地处山东省的东南部，由于商品经济的发展和交通状况的改善，该地区目前已发展成为鲁东南重要的物流中心和商品集散地，辐射大江南北，为世人所瞩目。

④胶东：指胶东半岛。位于山东半岛的东北部，有蓬莱、烟台、威海等著名的旅游城市。改革开放以来，一批外资企业在这里落户，为该地区的经济发展注入了活力。

水调歌头·泰山颂

拾阶六千级[①]，登上玉皇顶[②]。
正当黎明破晓，天空雾朦胧。
霎时曙光泛起，朝霞一片火红，冉冉旭日升。
览黄河如带，看万山峥嵘。

天地交[③]，风雨顺，国运兴。
五岳独尊[④]，帝王封禅祭岱宗[⑤]。
石刻碑记荟萃，古刹庙宇恢宏，苍岩挺劲松。
走进南天门[⑥]，举目皆胜景。

［注释］

①拾阶六千级：登泰山路线分东西两路，东路从岱宗坊出发，山脚至中天门约有3000个石阶，至山顶共有石阶6293级，全程约9千米。

②玉皇顶：又称天柱峰，海拔1545米，是泰山的主峰，因建有玉皇庙而得名。玉皇顶是古代帝王登山祭天的地方，也是晨观日出、晚看夕阳的最佳之地。

③天地交：传说泰山是盘古氏头部的所在地，“天地交泰”是指天与地相交之处即为泰山。

④五岳独尊：古人以东方为万物交替、初春发生地，故泰山有“五岳独尊”之称誉。

⑤帝王封禅祭岱宗：古代帝王把泰山视为神山，在太平盛世或天降祥瑞之时在泰山举行封禅大典祭祀天地，报告重整乾坤的伟大功业。

⑥南天门：又称三天门。门内有新建大厅“未了轩”。由此可登上泰山最高峰岱顶，这里有碧霞君祠、纪泰山铭碑、玉皇顶等著名景点，令人目不暇接。

七律

游泉城

大明湖[1]水汇百泉，四面杨柳满池莲。
品尝一杯趵泉水[2]，拾阶三百登佛山[3]。
洞中千佛依如旧，泉城巨变胜千年。
车流滚滚群楼耸，故人不识新济南。

［注释］

①大明湖：位于济南市老城的北部，湖水面积约 46 万平方米，湖水深处约 5—6 米。水源是城内外 100 多处泉眼汇集而成。

②趵突泉：位居“七十二名泉”之首的趵突泉，有“天下第一泉”之美誉。用此泉水冲茶，别有一番风味。

③拾阶三百登佛山：千佛山位于济南市南约 3 千米处，海拔 285 米。登山分东、西两路，每路都有石阶 300 级，道旁古松峭壁，极为壮观。在白虎山崖壁上，有大小窟龛 100 多个，石刻造像 210 多尊，多为初唐所凿。千佛山为全国重点文物保护单位。

沁园春·曲阜[1]行

齐鲁大地，山河壮丽，文化灿烂[2]。
纵观五千年，名人辈出；孔孟之道，世代相传。
孝悌忠信，礼义廉耻，堪称树人之格言。
望孔庙[3]、似皇家宫宇，御匾高悬。

殿堂辉煌壮观，圣像如神龙袍王冠。
悠悠数千载，香火连绵；帝王祭孔，百姓思贤。
儒家伦理，远播四海[4]，弟子桃李春满园。
愿天下，和谐共相处，国泰民安。

［注释］

①曲阜：位于泰山以南约100千米处。是中国历史文化名城，春秋战国时期为鲁国的都城。

②文化灿烂：山东是我国古代文明的发祥地之一。孔子的儒家思想，影响深远，可以说是家喻户晓，有些格言，已成为做人的准则。

③孔庙：位于曲阜城内，是历代祭祀孔子的地方。现存建筑是明、清两代仿照皇宫格局建造的。位居孔庙中央的大成殿，重建于清雍正年间，与故宫太和殿的形式相同，殿内

高悬“万世师表”等十多幅巨匾，皆为乾隆御题。

④远播四海：孔子的儒家思想，现已传播到世界各地，不少国家建立了孔子学院，为宣传中国的古代文明和促进中国与世界各国的文化交流发挥了重要作用。

念奴娇·青岛[1]行

面向大海，背环胶州湾，碧水蓝天。
绿树红楼花似锦，草坪雕塑[2]喷泉。
海滨浴场[3]，阳光灿烂，沙滩软如绵。
东方大港，吞吐五洲商船。

国际商厦高耸，豪客云集，参经贸会展。
难忘零八奥帆赛[4]，扬起万国彩帆。
逢啤酒节[5]，人潮如涌，似盛世狂欢。
今日青岛，堪称世界乐园。

［注释］

①青岛：位于山东半岛的东部，东临黄海，西依胶州湾，是我国重要的沿海开放城市之一。

②草坪雕塑：位于老区八大关游览区，是一处欧式风格的别墅建筑群，极有艺术鉴赏价值，为全国重点文物保护单位。在东部新区海滨，有一条长达 12 千米的中华文明雕塑长廊，与横穿东西的“香港街”，共同构成了现代艺术的风景线，让游人流连忘返。

③海滨浴场：青岛现有海滨浴场 6 处，其中汇泉浴场规模最大，夏日高峰期，日接待游客 20 万人之多。

④零八奥帆赛：2008 年，第 29 届奥运会帆船赛在青岛举行，现代化的体育设施和热情周到的服务，赢得所有参赛国运动员的好评。

⑤啤酒节：每年一度的青岛国际啤酒节，于 7 月 8 日在海滨啤酒城万人广场举行，为期两周。届时，将有国内外上百家厂商、千余种啤酒参赛，还有各种文化娱乐活动，像盛大的节日一样，热闹非凡。

满江红·甲午恨

甲午之战[①]、民族恨、永世难忘。
东洋鬼、烧杀淫掠，凶似豺狼。
腐败无能清政府，卖国求荣李鸿章[②]。
山河碎、割地又赔款[③]，民遭殃。

贼倭寇，休猖狂，“八一五”，尔投降。
战犯被绞死[④]，可耻下场。
多行不义必自毙，人间正道是沧桑。
史为鉴，和平谋发展，路宽广。

［注释］

①甲午之战：1894—1895年，日本发动侵略中国的战争。1894年7月25日，日海军向清政府驻牙山海军发动突然进攻，8月1日，中日双方正式宣战。日军分陆海两路进攻中国东北，先后侵占了九连城、安东、大连、旅顺等地。由于清政府的投降路线，致使中国守军屡遭失败，北洋海军全军覆没。1895年4月17日，中日签订了《马关条约》，从此，中国半殖民地化的进程进一步加深了。

②李鸿章（1823—1901）：安徽合肥人，清末淮军军阀，

洋务派首领。历任江苏巡抚、两广总督，1870 年任直隶总督兼北洋大臣，控制了清政府的外交、军事、经济大权。对外一贯妥协卖国，代表清政府先后与帝国主义签订了《烟台条约》《中法条约》《马关条约》《中俄条约》《辛丑条约》等。

③割地又赔款：甲午战争失败后，清政府派李鸿章为议和全权大臣。1895 年 4 月 17 日，李鸿章在日本事先拟好的侵略条款上签了字。条约一共 11 款，其中第二款为：中国割让台湾及所有附属岛屿、澎湖列岛和辽东半岛给日本；第三款为赔偿日本军费银二万万两……《马关条约》的签订大大加深了中国半殖民地化和民族危机的程度。

④战犯被绞死：抗战胜利后，罪恶累累的日本战犯东条英机和松井石根等，于 1948 年 12 月被远东国际军事法庭处绞刑，遗臭万年。

卜算子·威海[1]行

走进威海卫，心潮逐浪翻。

甲午风云[2]百年后，中华换新天。

强国不是梦，战地变花园[3]。

四化宏图慰忠魂，英烈笑九泉。

［注释］

①威海：位于山东半岛的东端，三面临海，地理位置十分优越，为我国北方海防重镇。

②甲午风云：光绪十三年（1887），清政府在刘公岛建北洋水师，并设提督署。中日甲午战争爆发后，继黄海海战不久，1895年1月20日，日军又出动军舰25艘，向威海港口发动了猖狂的进攻，遭到刘公岛爱国军民的坚决抵抗。但在李鸿章“避战自保”的指挥下，北洋水师全军覆没，海军提督丁汝昌含恨自杀身亡。为纪念这次海战牺牲的将士，威海卫建立了纪念塔，刘公岛建立了纪念馆，供后人纪念。

③战地变花园：威海现已建成全国著名的卫生先进城市和海滨花园城市，市内建设清静幽雅，令人流连忘返。

卜算子·登蓬莱阁

登临蓬莱阁[①]，置身仙境中。
放眼东方观沧海，蜃楼[②]雾朦胧。

问道何医老？灵丹助长生。
秦皇汉武拜仙人[③]，终是一场空。

［注释］

①蓬莱阁：位于蓬莱市城北丹崖山之巅，始建于宋嘉祐年间（1056—1063），占地3.28万平方米。楼阁凌空高耸，山下烟波浩淼，置身其间，犹入仙境一般。“八仙过海”的神话即源于此。

②蜃楼：即海市蜃楼，是难得一见的海上奇观，只有在季节、气候、时间等各种自然条件适合的情况下，才能偶尔出现。

③秦皇汉武拜仙人：据史记载，秦皇、汉武为求长生不老仙药，都曾登临蓬莱。秦始皇曾三次巡视位于烟台市西北部的芝罘岛，最后都无果而终。

水调歌头·沂蒙颂

蹚过沂河水，登上沂蒙山。
仰望烈士丰碑，心潮逐浪翻。
历经抗战烽火，三年南征北战，神州换新天。
沂蒙好儿女，杀敌冲在前。

救民族，洒热血，保家园。
为解放全中国，随军下江南。
而今民富国强，处处生机盎然，社会大发展。
告慰老战友，家乡变乐园。

［注释］

沂蒙山区是抗日战争时期著名的革命根据地之一，这里的一山一水都渗透着抗日军民的鲜血。解放战争时期，1947年5月这里发生了著名的孟良崮战役，由陈毅、粟裕率领的华东野战军，一举全歼国民党整编七十四师32000余人，击毙师长张灵甫。为了纪念在这次战役中牺牲的2800多名烈士，孟良崮建立了烈士陵园，陵园内埋藏着烈士们的遗骨，建起了烈士名塔，供后人纪念瞻仰，现在已成为全国爱国主义教育基地。

水调歌头·思乡情

离家数十年，怀念故乡情，
老庄一草一木，尽在记忆中。
田园如诗如画，四季变换无穷，犹如万花筒。
村边一小河，戏水习游泳。

上学堂，齐声朗，三字经，
孔孟教诲，邻里和睦似亲朋。
春耕夏种秋收，风雪雷雨阴晴，处处是美景。
而今现代化，旧貌展新容。

［注释］

老沂庄位于临沂市南约 15 千米处，全村有百余户人家。村西有一座大山，每当夏季来临，山上有一股清泉流下，绕过村边流入村东的小河。这条小河如同全村的血脉一样，旱天浇地，雨涝排水，伏天供人戏水纳凉，冬天成为孩子们的天然溜冰场。村北头，有一所小学，清晨的铃声和孩子们的朗读声，全村都能听到，村民们对这里充满无限的期望。

在抗日战争和解放战争时期，这里是八路军的根据地，村里的农会、妇联、民兵、儿童团都有严密的组织。尤其在解放战争期间，在孟良崮和淮海战役中，村民们掀起了各种形式的支前热潮，如父母送儿参军、抬着担架救护伤员、推着独轮车运送各种军用物资，儿童团站岗放哨、查路条等，搞得热火朝天。在这片土地下面，有我父母、兄妹的遗骨，村边有我用汗水浇灌的田园……这一切都让我永记心头，怀念终生。

河南省 · 豫游随记

河南省，简称豫，省会郑州市。位于黄河中下游，因地处古九州之中，故有“中原”之称。黄河从山西省冲出壶口后，在风陵渡来了个 90 度的大转弯，由西向东闯出三门峡，横穿 700 余千米，每当汛期来临，洪水泛滥，泥沙淤积如山。

盘古开天地，黄帝坐中原，统率部落各首领，开辟新家园，挥剑披荆斩棘，荒滩变良田，春播五谷杂粮，河边种植桑养蚕，秋来喜获丰收，户户吃饱穿暖，世世代代生息繁衍，史称“中华民族之摇篮”。

中原大地，上下五千年，历史辉煌，文化灿烂，中国历史上第一个奴隶制国家夏王朝建立起，先后有 20 多个朝代建都河南境内，200 多位炎黄子孙，登上帝王宝座，推动历史车轮，滚滚向前。它像一座庞大的历史舞台，每位帝王朝臣，都有精彩的表演，其中不少明君清官，治国理政，以人为本，以民为先，重人才，倡清廉，以图国泰民安；也有部分昏君奸臣当政，对外奴颜卑膝、辱国丧权，对内豢养贪官污吏，官衙横征暴敛，苛税劳役负重，百姓苦不堪言，终于官逼民反。前者名垂青史，后者遗臭万年。

中原宝地，数千年历史沉淀，无数名胜古迹、文化遗产，辉煌灿烂，堪称历史博物馆，让中外游客，流连忘返。洛阳龙门石窟，已列入《世界遗产名录》，游七朝古都开封，拜谒包青天，漫游清明上河园，犹如置身千年前。昔日多辉煌，今朝更壮观，现已迈进新时代，炎黄子孙勇向前。

满江红·中原行

中原大地①，五千年，文化灿烂。
争天下、群雄角逐，朝改都迁。
八大古都豫有四②，六朝帝王葬邙山③。
商“殷墟”④、甲骨文明史，千古传。

览中岳，如画卷。扬国粹，少林拳。
望龙门石窟，世人惊叹！
洛阳牡丹花正红，汴梁铁塔更壮观。
看今朝，中原又崛起，换新颜。

［注释］

①中原大地：即中土、中州。狭义的中原指今河南省一带，广义的中原指黄河中下游一带，或指整个黄河流域。

②八大古都豫有四：河南省内的四大古都即六朝古都开封、九朝古都洛阳、夏商古都郑州、商代王都安阳。

③六朝帝王葬邙山：邙山位于洛阳以北，占地29000平方米，葬有西汉、东汉、魏、晋、唐、宋六个朝代的帝王。这里建有洛阳古墓博物馆。

④商“殷墟”：位于河南省安阳市西北约2千米处，是商

代都城的遗址，于1928年开始发掘，古城面积达24平方千米，遗址出土了15万片刻有古文字的甲骨，令世人惊奇。现为全国重点文物保护单位。

水调歌头·中岳颂

纵横三千里①，七十二峰峦②。
名胜古迹荟萃，悠悠数千年。
汉封“三柏”为将③，魏创嵩阳书院④，独树少林拳⑤。
武僧建奇功，唐王出玉言：

赐庙地，开杀戒，命朝官。
墓塔如林⑥，佛门武功代代传。
走进中岳庙宇⑦，犹入皇宫御苑，辉煌冠中原。
天赐风水地，三教会嵩山。

［注释］

①纵横三千里：嵩山风景区位于郑州市西登州市境内，东西绵延60千米，景区总面积达3000平方千米。

②七十二峰峦：嵩山由少室山36峰和太室山36峰共72座峰组成，主峰峻极峰，海拔1440米。

③汉封“三柏”为将：在嵩阳书院内，有三株汉代古柏，相传汉武帝刘彻来嵩山巡幸封禅时，见其高大出众，便将其依次封为“大将军”“二将军”“三将军”。“三将军”柏明末被烧，现存二株。“二将军”柏高约20米，周围12米，距

今已两千余年，仍枝叶繁茂，堪称稀世之宝。

④魏创嵩阳书院：位于嵩山南麓太室山脚下，始建于北魏孝文帝太和八年（484）。初名嵩阳寺，宋时改名嵩阳书院，是我国古代四大书院之一。宋代大儒程颢、程颐曾在此讲学，成为当时传播孔孟学说的重要阵地。

⑤独树少林拳：少林寺位于登封市少室山北麓，建于北魏太和十九年（495）。527年，印度僧人菩提达摩在此首创禅宗。相传，秦王李世民讨伐王世充时，曾书约少林寺僧起兵相助，少林武僧为救驾立下汗马功劳。李世民亲封昙宗和尚为大将军，并特允少林寺和尚吃酒肉，开杀戒，参政事。从此，少林武功名扬天下。

⑥墓塔如林：少林寺西300米处，建有造型各异的砖石墓塔250余座，为历代和尚的墓地，大部分都有雕刻和题记，是研究我国古代建筑和雕刻艺术的宝库。

⑦中岳庙：位于登封市东太室山南麓黄盖峰脚下，其前身太室祠始建于秦，重建于清康熙、乾隆年间，其布局是仿北京故宫设计的，占地面积达10万多平方米，中轴线长600米，殿堂400多间，是我国建筑时间较早、规模较大的道教庙宇之一。

蝶恋花·龙门赞

龙门峡谷伊河畔，
两岸石窟、布满东西山。
历朝雕凿四百年，十万菩萨降人间。

千姿百态虽无言，
形似诉说、众生悲与欢。
神工巧匠留遗产，华夏文明世代传。

［注释］

龙门石窟位于洛阳市南13千米处的伊河两岸，开凿于北魏孝文帝迁都洛阳（494）前后，历经东魏、北齐、北周、隋、唐等朝代，历时达400余年之久。据统计，龙门石窟共有佛洞1352个、佛龛650多个、佛塔40座、佛像10万余尊。其中，规模最大、艺术水平最高、最具代表性的石刻群像，是唐朝开凿的奉先寺石佛，佛龛东西长41米，南北宽36米，主像卢舍那大佛，高17.14米，标志着唐代雕刻艺术已达到了极高的水平。龙门石窟与敦煌莫高窟、大同云冈石窟并称为中国三大石窟，已被列入《世界遗产名录》。

七律

洛阳颂

九朝古都何辉煌，车水马龙万户商。
宫殿寺庙皆胜景，洛阳牡丹花中王。
龙门石窟千佛洞，艺术瑰宝天下扬。
胜败兴亡多少事，编成演义说隋唐。

［注释］

洛阳位于郑州市西约130千米的洛水之北，是中国历史文化名城。历史上曾有东周、东汉、曹魏、西晋、北魏、隋、唐、后梁、后唐等9个朝代在此建都，故有“九朝古都”之称。

七律

牡丹颂

清明节后游洛阳①，牡丹盛开十里香。

姹紫嫣红人潮涌，竞相观赏花中王②。

妩媚娇艳品高贵，敢违圣旨笑女皇③。

西望长安无遗恨，但愿四季吐芬芳。

［注释］

①清明节后游洛阳：牡丹是洛阳的市花，盛开于清明和谷雨节气前后。自 1983 年以来，洛阳市每年都在四月份召开一次盛大的牡丹花会，届时人潮如涌，热闹非凡。

②竞相观赏花中王：牡丹在洛阳栽培的历史悠久，经历代花工们的精心培育，人们根据颜色、花形等特点，冠以美好的名字，并选定出“姚黄”“魏紫”“潜溪绯”“鹤翔红”等为花王，其中“洛阳红”被尊为牡丹的王中之王，故被游人争相观赏。

③敢违圣旨笑女皇：据说，武则天称帝之后，一年冬天，她在宫中饮酒赏雪时，突发奇想，下旨令百花在一夜之间全部开放。百花不敢违命，便在第二天早晨一起绽开。惟有牡丹桀骜不驯，拒不从命。武则天得知后勃然大怒，随将牡丹逐出长安，贬至洛阳。这样，牡丹就在洛阳扎下了根。其品格之高贵，令世人赞叹。

七律

开封[1]颂

七朝古都[2]人向往，大宋鼎盛最辉煌。
僧侣云集相国寺[3]，文科武考聚汴梁。
铁塔包祠[4]永作证，东西两湖分潘杨[5]。
滔滔黄河东流去，忠奸荣辱自成章。

［注释］

①开封：位于郑州市东约 70 千米的黄河南岸，是中国历史文化名城。

②七朝古都：历史上曾有七个朝代在此建都。即：战国时期的魏国、五代时期的后梁、后晋、后汉、后周，北宋和金朝等。北宋定都后，更名为“东京”，历经 9 帝，是开封历史的鼎盛时期。

③相国寺：始建于北齐天保六年（555），唐睿宗赐名为大相国寺。

④铁塔包祠：铁塔位于开封城东北隅，建于宋仁宗皇祐元年（1049）。高 55 米，十三层，呈八角形。包祠位于开封市包公湖西岸，占地 4000 平方米，大殿内塑有包公坐式铜像一尊，供人瞻仰。

⑤东西两湖分潘杨：从开封的午朝门到龙亭，中间一条大路，东、西两边各朋一湖。相传东湖旧为宋朝太师潘美宅第，其为人奸佞，故水浑；西湖旧为宋朝名将杨业宅第，其为人忠直，故水清。

七律

忆中州

横跨陇海连京广①，北依黄河南临江。

自古兵家必争地②，得中原者称帝王。

“二七”罢工③惊中外，“花园”决口民遭殃④。

而今人民得天下，经济腾飞奔小康。

［注释］

①横跨陇海连京广：郑州位于中原之腹地，是陇海、京广铁路交通的枢纽，是连接欧亚大陆桥的一颗明珠。

②自古兵家必争地：自中国历史上第一个奴隶制国家夏王朝建立开始，到封建社会时期的北宋，先后有 20 个朝代、200 多位帝王建都于河南境内。其间群雄角逐，争夺天下，故有“得中原者称帝王”之说。

③“二七”罢工：这是在中国共产党的领导下，为反对军阀吴佩孚破坏和镇压工人运动而举行的一次铁路工人大罢工。这次运动遭到了反动军阀的残酷镇压，打死工人 32 人，伤 200 余人，40 余人被捕入狱，造成了震惊中外的“二七惨案”。

④“花园”决口民遭殃：花园口位于郑州市北约 15 千米处的黄河南岸。1938 年，日寇侵占开封，郑州危急，国民党军队不战而溃，遂下令炸开花园口黄河大堤，淹没了豫东、皖北、苏北三省的大片村庄和农田，上千万百姓背井离乡，苦不堪言。

湖北省 · 鄂游随记

湖北省，简称鄂，省会武汉。位于长江中游，西依巴蜀，东临赣皖，境内江河纵横，湖泊如镜，长江横贯西东，两岸山水如画，三峡大坝高耸，巨轮远航五洲，物流八方畅通。江汉平原，鱼米仓满，城乡欣欣向荣。荆楚大地，历史悠久，名胜古迹，遍布全省。黄鹤楼屹立蛇山之巅，千百年，文人墨客诗词书画赞江城。百年前，武昌城头炮声响，辛亥革命一举成功，推翻旧帝制，打碎铁枷锁，冲出黑牢笼，中华民族从此获新生。

大江南北，历代兵家必争之要冲，秦末楚汉争霸，后汉三国称雄，长江两岸摆战场，八十万曹兵齐出征，谋图一举灭吴蜀，实现华夏归一统。面对存亡关头，孙刘应时结盟，周瑜巧施连环计，诸葛摇扇借东风，霎时间，曹营战船烈火起，滔滔江水血染红，赤壁之战传千古，胜败谋略决雌雄。

走进武当山，宛如游仙境，宫观殿宇千百座，屹立悬崖峻峰中，天柱峰端太和殿，七十二峰拜金顶。欲学武当拳，拜师张三丰，铭记老母赐真言，受益我一生：“铁杵磨绣针，功到自然成。”

神农搭架上天宫，脚下峰峦云雾中，茫茫森林绿如海，千年松杉万年桐，遍地名贵中药草，珍禽异兽百鸟鸣，清泉溪流鱼潜底，百花争艳杜鹃红，人间仙境多美好，神农何必去天宫。

沁园春·荆襄行

荆襄楚地，江河纵横，湖泊万顷[1]。
望长江三峡，大坝高耸[2]；泄洪闸起，万马奔腾。
滔滔江水，游轮快艇，迎来万商聚江城。
曾记否？三国战赤壁[3]，大破曹营。

黄鹤重返江城[4]，楼满客，乐师奏编钟[5]。
夜登楼远眺，长江如带，东湖如镜，大桥如虹。
荆襄巨变，武汉振兴，科技文化齐繁荣。
逢盛世，经济大发展，再攀高峰。

［注释］

①江河纵横，湖泊万顷：湖北省属丰水地区，全省有大小河流 1190 多条，总长达 3.7 万余千米，大小湖泊 300 多个，水库 6300 多座，有“千湖省”之称。

②大坝高耸：举世瞩目的三峡大坝水电站为世界之最，位于宜昌市西北约 5 千米处的葛洲坝水利枢纽工程，坝长 2561 米，高 185 米，开闸时，巨瀑飞泻，犹如万马奔腾，极为壮观。

③赤壁：位于武汉市南约 160 千米处的长江南岸，是东

汉末年时的古战场。曹操为谋统一大业，率军马 20 余万（号称 80 万）向孙权发起进攻。孙权、刘备双方结成联盟，共同抗曹，利用火攻，赤壁一战，大破曹营，熊熊烈焰，照红了江岸的石壁。故此，赤壁之名留传千古。

④黄鹤重返江城：黄鹤楼是江南三大名楼之一，建于三国东吴黄武二年(223)，历经沧桑，留下无数名士的动人诗篇。其中，唐代诗人崔颢《黄鹤楼》的诗中，曾有“昔人已乘黄鹤去，此地空余黄鹤楼。黄鹤一去不复返，白云千载空悠悠”之名句，读后大有萧瑟、悲凉之感。今逢盛世，黄鹤复返，以喻繁华之景象。

⑤乐师奏编钟：曾侯乙编钟是曾侯乙的殉葬品，1978 年于曾侯乙墓出土。它是一套精美的古典青铜打击乐器，共有 64 件，重达 2500 余千克，现珍藏于湖北省博物馆内。

水调歌头·武当山①

登上天柱峰②，犹如上青天。
身边云雾缭绕，神魂飘飘然。
迎面清风乍起，顿时云开雾散，金殿③在眼前。
拜真武大帝，表庶民夙愿。

一炷香，三叩首，祈平安。
极目远眺，群峰巅处悬道观④。
历代帝王崇道，武当几度辉煌⑤，香火越千年。
志同方道合，道合排万难。

［注释］

①武当山：位于湖北省西北部丹江口市，是我国道教第一名山，武当拳发源地，被联合国列入《世界遗产名录》。

②天柱峰：是武当山七十二峰的主峰，海拔 1612 米，有“一柱擎天”之誉。

③金殿：位于天柱峰顶端，又名金顶，是武当山的标志性建筑。建于明永乐十四年（1416），殿高 5.54 米，宽 4.4 米，深 3.15 米，殿堂及殿内铜像、供案等，均为铜铸鎏金。宝座供奉的真武大帝，高 1.86 米，重达 5000 千克，威严肃穆，栩

栩如生。

④群峰巅处悬道观：武当山建有八宫、二观、三十六庵堂、七十二岩庙，且大都建在峭壁悬崖之上，真可谓金碧辉煌，蔚为壮观。

⑤武当几度辉煌：相传武当山为真武修道升天之地，唐高祖李渊自称是李耳（老子）后裔，大力提倡道教，并在武当山开建五龙祠、太乙宫等。此后，宋、元各代又相继扩建。明成祖朱棣即位后，在“皇权神授”的蛊惑下，更是对道教崇拜有加。据说朱棣曾调集 30 万军民工匠大兴土木，共建成 33 处建筑，总面积达 160 万平方米，规模之大，登峰造极。

七律

武当山颂

武当山[①]峭峰峥嵘，天柱峰插云雾中。
道教圣地扬天下，“真武[②]”成仙升天宫。
自古僧道出侠客，武当拳祖张三丰[③]。
走遍天下无难事，志坚功到自然成。

［注释］

①武当山：古称太和山，位于湖北省西北部，是我国道教第一名山，方圆300多平方千米，主峰天柱峰，海拔1612米。相传是真武大帝修道成仙飞天之地。

②真武：真武大帝，是中国神话传说中的北方之神，为道教神仙中的玉京尊神。现在武当山供奉的主神就是真武大帝。

③张三丰：武当拳的创始人。他是武当山的一名道士，常行侠仗义，除恶扬善。他创立的武当拳术与少林武功齐名天下。

水调歌头·走进神农架[1]

走进神农架，回归大自然。
野花四季绽放，山涧流清泉。
登上神农顶[2]峰，如驾云鹤升天，览沧海云烟。
觅野人足迹，看金猴狂欢。

林如海，峰如剑，瀑飞岩。
迈步“红坪[3]”，清溪两岸如画卷。
夜宿“林海石城[4]”，品尝山味野餐，睡梦好香甜。
醒来东方晓，朝霞映青山。

［注释］

①神农架：位于湖北省西部、宜昌市西北约200千米处，景区面积达3200多平方千米，海拔3000米以上的高峰有6座，故有“华中屋脊”之称。

②神农顶：位于神农架景区西南部，海拔3105.4米，被誉称“华中第一峰”。登上巅峰，只见云雾缭绕，石林高耸，气象万千，大有驾云升天之感。

③红坪：即红坪峡，位于大神农架东北约27千米处的天门垭南麓。在绵亘约15千米的清溪两岸，奇峰林立，山花烂

漫，清溪流淌，且一年四季景色多变，故被人们誉为“红坪画廊”。

④林海石城：原名狮象坪，现称松柏镇，是神农架林区的服务中心，是观光旅游、避暑休假的理想之地。因这里的房屋多为石块砌筑而成，别致而又美观，故有“林海石城”之美誉。

卜算子·荆州赞

一曲《下江陵》，蜚声海内外。
楚国建都四百载，传承二十代。

刘备借荆州，关羽点将台。
三国群雄争天下，古城知兴衰。

[注释]

荆州，又名江陵，现为荆州市，位于湖北省中南部，北依汉水，南临长江，自古有“七省通衢”之誉。因唐代诗人李白《早发白帝城》(又名《白帝下江陵》)中有“千里江陵一日还”的名句，江陵名扬海内外。

荆州是楚文化的发祥之地。据史料记载，从春秋战国到五代十国，先后有34代帝王在此建都，历时515年，其中，楚国有20代国君在此建都，历时达411年。境内名胜古迹遍布，1982年被国家公布为历史文化名城。

古代荆州地势险要，为历代兵家必争之地，“刘备借荆州”“关羽大意失荆州”等三国故事都发生在这里。古城为关羽所筑，清重建后，雄伟壮观，素有“铁打荆州”之说。

木兰花·宜昌赞

黄金水道宜昌[1]城，万里长江贯西东。
西控巴蜀三峡口，东渡千里抵沪宁[2]。

遥望葛洲坝[3]高耸，三峡工程更恢宏。
丰水沃土育人杰，屈原[4]王嫱[5]扬美名。

［注释］

①宜昌：位于湖北省西部，长江三峡之一的西陵峡东口，有“三峡门户”“川鄂咽喉”之称，是长江黄金水道的交通要冲，地势险要，水、陆运输十分发达，是我国中西部对外通商的重要口岸。

②沪宁：分别是上海市、南京市的简称。

③葛洲坝：位于宜昌市西北约5千米处，是中华人民共和国成立后建设的重大水利枢纽工程。大坝全长2561米，坝顶高71米，控制流域面积100万平方千米。

④屈原（约前340—约前278）：战国楚人。生于宜昌市秭归县屈坪，是我国著名的浪漫主义诗人，1953年在世界和平理事会上，被列为“世界四位文化名人”之一。

⑤王嫱：王昭君之名，详见内蒙古篇“昭君颂”。

卜算子 · 漫游长江

天赐一江水①，滚滚向东流。
两岸良田千万顷，鱼米大丰收。

三峡②美如画，秭归③赛龙舟。
荆襄赤壁怀千古④，诗满黄鹤楼⑤。

［注释］

①天赐一江水：长江为我国第一大江，全长 6300 千米，流经 9 个省、市而后泻入东海，流域面积约 180 万平方千米。湖北省是长江流域的腹地，沿江两岸，风光如画，名胜古迹、人文景观，美不胜收。

②三峡：位于重庆市与湖北省江段，由瞿塘峡、巫峡、西陵峡组成，全长 200 千米，是国家级风景名胜区。

③秭归：位于长江北岸宜昌市境内，是屈原故里。为纪念屈原，每逢端午佳节，当地人民都要举行龙舟竞赛活动，盛况空前。

④荆襄赤壁怀千古：湖北荆州、襄阳地势险要，为历代兵家必争之地，秦楚之争、赤壁之战，都发生在这里，两市都是历史文化名城。

⑤黄鹤楼：位于武汉市武昌区蛇山之上。历经沧桑，屡毁屡建，最后一次建于 1984 年，于当年国庆节落成。楼高 51.4 米，共 5 层，配套设施齐全，保存了历代文人墨客留下的无数动人诗篇，令人神往。

湖南省·湘游随记

湖南省，简称湘。境内湘江纵贯南北，出洞庭，汇长江，流域沃野千里，鱼米之乡。南岳山脉，峰峦叠翠，四季常青，无限风光。衡山火神大庙，宛如帝王殿堂，四周红墙角楼，气势恢宏，金碧辉煌。长沙岳阳，国家历史文化名城，文物古迹，满目琳琅。岳麓书院，居宋代四大书院之首，千百年来，培养出无数国家栋梁。洞庭湖，碧波浩瀚八百里，岳阳楼，诗词书画赞潇湘。望君山，泪水洒竹化斑点，君妃思舜哭断肠，武陵源大自然鬼斧神工，雕凿出无数精美画卷，中外游客，惊奇赞扬。

19 世纪末 20 世纪初，中华民族在帝国主义的侵略、封建势力和官僚资本主义的残酷剥削和压迫下，生活在水深火热之中。潇湘大地的旷世之才，挺身而出，辛亥革命的先驱，黄兴、蔡锷、陈天华、蒋翊武等，一大批革命志士和孙中山先生志同道合，并肩战斗，为消灭封建帝制，推翻清王朝立下了不朽的历史功勋，岳麓山下，安葬着他们的忠骨，让后人世代怀念。20 世纪初，也是在这片炽热的土地上，为挽救垂危的中华民族，一大批无产阶级革命家，毛泽东、刘少奇、彭德怀等，横空出世，在中国共产党的领导下，团结全国各族人民，经过艰苦卓绝的斗争，终于推翻了三座大山，建立了中华人民共和国。为了表达我对东方伟人毛泽东的怀念之情，在他诞辰 125 周年之际，写下一首七律《伟人颂》。

水调歌头 · 湖南行

洞庭八百里①，南岳峰连峰②。
滔滔湘江北去，人杰天地灵。
古有屈原忧国，近代辈出群雄，当数毛泽东。
岳麓埋忠骨③，血染枫叶红。

大发展，国富强，民族兴。
湖南崛起，看长沙一派繁荣。
岳阳楼诗千首④，咏尽楚湘风情，洞庭歌升平。
韶山红日出⑤，花明楼月明⑥。

［注释］

①洞庭八百里：洞庭湖位于湖南省北部，湖水面积 2740 平方千米，北连长江，是我国第二大淡水湖，素有“鱼米之乡”之誉。

②南岳峰连峰：南岳衡山，位于长沙市南部，南北绵延 150 多千米，共有 72 座峰，最高峰为祝融峰，海拔 1290 米，因山上常年翠绿，故有“五岳独秀”之誉。

③岳麓埋忠骨：岳麓山下，安葬着辛亥革命的领袖黄兴以及蔡锷、陈天华、蒋翊武等烈士的遗骨，立有墓碑，供后

人瞻仰。

④岳阳楼诗千首：岳阳楼是“江南三大名楼”之一，距今已有 1700 余年的历史。自唐代以来，无数文人骚客登楼赋诗，抒发情怀，写下了许多不朽的诗篇，故有“岳阳楼满楼诗，洞庭湖一湖歌”之美誉。

⑤韶山红日出：韶山是一代伟人毛泽东的故乡。为纪念毛泽东诞生 100 周年，1993 年，这里建起了一座高大的铜像，高 12.26 米。

⑥花明楼月明：湖南宁乡县花明楼炭子冲，是刘少奇的诞生地。1987 年，这里新建了一座大型纪念馆，广场上立有刘少奇的铜像。毛泽东、刘少奇的名字，与日月同辉，他们将永远活在人民的心中。

七律

岳麓颂

岳麓秋高枫叶红[①]，溪畔松掩爱晚亭[②]。
忠魂长眠青山下[③]，喜看东方旭日升。
改革筑起强国路，长沙英姿展新容。
湘江伴月北流去，一桥飞渡不夜城。

［注释］

①岳麓秋高枫叶红：岳麓山位于长沙市西郊湘江之畔，海拔 297 米，是长沙著名的旅游风景区，山上枫林密布，每到深秋，层林尽染。

②爱晚亭：位于岳麓山岳麓书院后面清风峡的小山上。建于清乾隆五十七年（1792），原名爱枫亭，后因清代诗人袁枚到此游览时，取唐代诗人杜牧“停车坐爱枫林晚，霜叶红于二月花”名句之意，改名“爱晚亭”。

③忠魂长眠青山下：在岳麓山下，安葬着辛亥革命先烈的遗骨。

水调歌头·南岳[1]颂

绵延三百里，七十二秀峰。
登上祝融绝顶[2]，满目皆胜景。
远眺湘江如带，洞庭碧波万顷，东方旭日升。
脚下彩云飞，寺掩丛林中。

藏经阁[3]，方广寺[4]，望月亭。
走进南岳大庙[5]，宛如游故宫。
楼宇气势雄伟，殿堂雕梁画栋，佛道分西东。
适逢赶庙会，香客似潮涌。

［注释］

①南岳：衡山古称南岳，与京广铁路线平行，绵延 150 千米，有 72 座峰，南起衡阳市的回雁峰，北至长沙市的岳麓山，主峰祝融峰，海拔 1289.8 米。

②祝融绝顶：祝融峰为南岳最高峰，附近寺庙林立，古木参天，石刻众多，云雾缭绕，风光秀丽，自古有“南岳独秀”之美誉。

③藏经阁：位于祥光峰下，始建于南朝陈光大二年（568），因明太祖赐大藏经一部存放阁中而得名。

④方广寺：位于莲花峰下，寺名方广，取佛法十方广布之意。寺中有宋徽宗写的“天下名山”石刻，环境幽静，李白有诗赞曰：“圣寺闲栖睡眼醒，此时何处最幽清？满窗明月天风静，玉磬时闻一两声。”

⑤南岳大庙：位于衡山脚下南岳镇。建于唐开元十三年（725），清光绪八年（1882）重修。占地98500平方米，外形颇似北京故宫，供奉的正神是南岳大帝。庙内东侧有8个道观，西侧有8个佛寺，每年农历八月十五，这里都要举行盛大的庙会，前来朝拜进香的善男信女，海内外游客如水如潮，热闹非凡。

蝶恋花·武陵源[1]

天下奇观武陵源，
群峰如笋、直插九重天。
索溪十里展画卷[2]，怪石千姿色斑斓。

金鞭溪水绕山转[3]，
峭壁虬松、常见猴登攀。
身置溶洞心震撼[4]，鬼斧神工亿万年。

［注释］

①武陵源：位于湖南省西北部，张家界市北约40千米处，景区总面积264平方千米，森林覆盖率达85%，由索溪峪、天子山、张家界森林公园三大景区组成，1992年被联合国列入《世界遗产名录》。

②索溪十里展画卷：索溪峪位于张家界北约50千米处，景区面积达200平方千米，有“天然盆景”“十里画廊”之称。这里的奇峰怪石，千姿百态。由于红壤、石英砂和岩溶地貌的发育，所有的岩峰都呈现出五彩斑斓的色彩。

③金鞭溪水绕山转：自张家界林场到“水绕四门”，是长十余千米的金鞭溪水，它曲折蜿蜒，随山而移，沿途峰峦

幽谷、鸟语花香，似一幅幅丹青画卷。

④身置溶洞心震撼：溶洞指黄龙洞，位于索溪峪景区内，据初步探测，洞长 28 千米，总面积达 48 万平方米，垂直高度 167 米，内分旱洞、水洞各二层，洞中有千姿百态的钟乳石，造型极为壮观，让游人为大自然的魔力所震撼！

沁园春·凤凰古城

凤凰古城①，人杰地灵，梦幻之乡。
览南华山②下，城楼高耸；一湾江水，静静流淌。
风雨桥③上，人来人往，桥下轻舟游沱江。
望两岸，吊脚楼④倒影，衣晒斜阳。

漫步古城街巷，石板路、店铺列两旁。
访名人故居⑤，无限敬仰；明清宅院，古色古香。
亭台楼阁，寺庙祠堂，权作画卷绘沧桑。
凤凰美，蜚声海内外，令人向往。

［注释］

①凤凰古城：位于湖南省西部，湘西土家族苗族自治州凤凰县境内，是中国历史文化名城。

②南华山：位于古城南面，山上建有国家森林公园。拾阶2000级，登至顶峰，可俯瞰古城全貌。

③风雨桥：横跨沱江，全长112米，三拱。建于明洪武初年，因如彩虹飞渡，故又名虹桥。原是连接沱江两岸的交通要道，现已成为工艺品一条街，游人熙熙攘攘，络绎不绝。

④吊脚楼：是苗族富有特色的民居建筑，多依山傍水而建，上下两层，底部用木柱支撑，楼似悬于峭壁之上，十分

美观。

⑤名人故居：凤凰古城虽小，但在近现代却出了3位名人，可谓人杰地灵。他们是北洋政府国务总理、慈善家熊希龄，著名作家沈从文和画家黄永玉。参观名人故居，可体味这座美丽古城深厚的文化底蕴，受益匪浅。

蝶恋花·名楼赞

岳阳名楼①越千年，
登楼远眺、极目望君山②。
洞庭碧波水连天，夕阳晚霞打鱼船。

古楼雄姿立湖畔，
几度辉煌③、今朝更壮观。
名人诗书千百卷，魁首当推范仲淹④。

［注释］

①岳阳名楼：即岳阳楼，位于岳阳市西门城楼之上，与南昌滕王阁、武昌黄鹤楼并称为江南三大名楼，距今约有1700 多年的历史。

②君山：是洞庭湖中的一个小岛，这里竹林满山，风光秀丽。相传在 4000 多年前，舜帝的二妃娥皇、女英，因寻找舜帝，登上君山，忽闻舜帝已死在苍梧（九嶷山）之野，二妃悲痛万分，遂攀竹痛哭，泪血滴在竹子上，于是竹子竟成了斑竹。二妃死后葬于此，墓碑上刻有对联：“君妃二魄若千古，山竹诸斑泪一人。”

③几度辉煌：岳阳楼原为三国吴将鲁肃训练水师的阅兵台，后来经过南北朝、唐、宋、清几代的修建，现存建筑是1984 年重修的楼宇，保持了宋代的建筑风格，在力学、美学

等方面都达到了极高的水平。

④范仲淹（989—1052）：字希文，苏州吴县人，宋大中祥符进士。历任陕西经略安抚招讨使、陕西河东宣抚使等。宋代滕子京重修岳阳楼后，为给这一古迹注入精神，特给他的好友范仲淹写了一封《求记书》，范接书后，欣然命笔，写下了冠绝古今的《岳阳楼记》。其中“先天下之忧而忧，后天下之乐而乐”的千古名句，给后人留下了深刻的启迪，名扬中外。

七律

伟人颂

神州伟人毛泽东，中华民族大救星。
舍生参建共产党，身经百战立奇功。
挥手推倒三座山，宣告新中国诞生。
巨著名言垂千古，华夏世代留美名。

［注释］

解放前，在革命根据地流传着一首歌，歌名叫《东方红》，第一段的歌词是："东方红，太阳升，中国出了个毛泽东，他为人民谋幸福，（呼儿嗨吆，）他是人民大救星。"这首歌在我脑海中，一直陪我走过了六七十年，为了表达我的怀念敬仰之情，特写七律一首。

广东省·粤游随记

广东省，简称粤，省会广州市。境内山峦起伏，林海茫茫，江河纵横，水系如网，四季常青，处处鸟语花香。地处南海之滨，海岸线曲折蜿蜒，长达4300多千米，港口近百处，其中黄埔、湛江、汕头等大港，年吞吐量都在1000—2000万吨，巨轮远航世界各地，随着“一带一路”的发展，港口更加繁忙。沿海岛屿，星罗棋布，宛如飘浮在海面上的珍珠，璀璨夺目，无数艘渔船，日出扬帆出海，日落满载而归，夜晚灯火齐明，炊烟袅袅，鱼米飘香。黄金海岸，天然浴场，沙细如绵，海水清凉，仰卧沙滩，沐浴阳光。

改革开放，广东先行，全省上下，奋发图强，深圳、珠海，特区崛起，提前十年达小康。广东是我国著名侨乡，游子归来，投资建厂，百业俱兴，业绩辉煌，为家乡出力，为祖国增光。

广东香山，孙文故乡，一代伟人诞生地，腥风血雨中成长，高举反封建大旗，辛亥革命成功，封建帝制灭亡。手捧一束鲜花，拜谒中山纪念堂，丰功伟绩，永世不忘。适逢清明节，走进黄花岗，祭奠七十二烈士，送幅挽联烧炷香，革命先驱垂千古，英雄热血铸辉煌。

广东珠海口，禁烟主战场，虎门销烟数万吨，震惊英、美众列强，可恨腐败清政府，割地赔款民遭殃，南京签约谁之罪？是非颠倒害忠良，林公含冤贬戈壁，提督战死在沙场，苦难中国何处去，革命志士勇担当，难忘1921年，诞生中国共产党，推翻三座大山，共和国诞生，历40年改革开放，中华民族崛起，屹立世界东方。

沁园春·广东行

改革开放，广东先行①，业绩辉煌。
看珠江两岸，商厦林立；陆海空运，一片繁忙。
深圳珠海，异军突起②，提前十年达小康。
闯天下，粤人遍五洲，求知经商。

港澳台胞回乡，投资创业，为国增光。
历五十春秋，广交盛会③；客商云集，物流八方。
祭黄花岗，拜中山堂④，告慰民富国已强。
新世纪，羊城展雄姿，世人向往。

［注释］

①改革开放，广东先行：广东是我国改革开放先行一步的省份之一，对带动珠江三角洲的经济社会发展，起到了龙头和示范作用。改革开放40年来，成效显著，业绩辉煌。

②深圳珠海，异军突起：深圳、珠海自1980年成立经济特区以来，各项建设突飞猛进，人民生活质量显著提高，已成为世人瞩目的投资热土。

③广交盛会：每年春秋两季的广交盛会，自1957年开始举办，至今已有50余年的历史。尤其改革开放以来，规模日

益扩大，商品不断翻新，为推动国际贸易的发展，发挥了重要的作用。

④中山堂：即孙中山纪念堂。为纪念伟大的民主革命先行者孙中山先生，1929年在广州市越秀山南麓，建立了中山纪念堂。纪念堂园区占地6.63公顷，纪念堂建筑面积1.2万平方米，高58米。在纪念堂前面的大草坪上，矗立着孙中山先生的全身铜像，高5.5米。庄严肃穆，供后人瞻仰。

七律

忆羊城[1]

四季花开万木葱，南亚风光侨乡情。

越秀山顶瞰穗貌，百年沧桑展新容。

“虎门销烟”英雄泪[2]，血染“黄花”迎春风[3]。

喜看改革结硕果，现代英姿五羊城。

［注释］

①羊城：广州市别名。

②“虎门销烟”英雄泪：19 世纪 20 年代，英国向中国大量输入鸦片。民族英雄林则徐领导了震惊中外的销毁鸦片、抗击英国侵略的斗争。1839 年 6 月 3 日至 25 日，林则徐在虎门销毁了收缴英商的 2 万余箱鸦片。次年 6 月爆发了鸦片战争。腐败的清政府屈服于帝国主义的压力，将林则徐调回后流放新疆。

③血染“黄花”迎春风：为推翻清政府，孙中山领导的同盟会，于 1911 年 4 月 27 日在广州举行了武装起义，并攻入清政府两广总督署，但因敌我力量悬殊，最后起义失败。战斗中，同盟会骨干会员牺牲百余人。后由会员潘达微冒险收尸 72 具，葬于黄花岗，后于 1928 年建立烈士陵园。

卜算子·虎门赞

要塞珠江口，重镇虎门关。
鸦片战争百年后，沙场变乐园。

巨轮穿梭过，大桥跨两岸。
虎门销烟英雄史，国人永纪念。

［注释］

虎门要塞位于广州市东约 70 千米处的珠江出海口，历来为军事重镇。鸦片战争前夕，这里曾是鸦片走私的集散地，也是林则徐同英国人斗争的战场，1839 年 6 月 3 日，“虎门销烟”的壮举，就发生在这里。1841 年 1 月 7 日，英国派兵突袭珠江口炮台，守将陈联升和其子战死，600 多名守军，全部壮烈牺牲。现在，在虎门销烟池旁，建立了虎门人民抗英纪念馆，民族英雄林则徐、关天培、陈联升和为抗英牺牲的全体将士，将永远铭记在人民的心中。

卜算子·星湖赞

清澈西湖水，秀丽桂林山。
天上北斗落肇庆，化作七星岩。

巅峰挂飞瀑，山涧流清泉。
洞藏石刻千年诗，处处有奇观。

［注释］

肇庆市位于广州市西约 90 千米西江北岸，是中国历史文化名城。星湖位于肇庆市北郊约 4 千米处，自古享有“西湖水，桂林山，帛缎天降挂飞帘”之美誉。著名景点有“五湖、六岗、七岩、八洞”等 80 余处。因在星湖中，有 7 座山岩由东南向西北排列，犹如北斗，故名七星岩。其中石室岩是七星岩古迹最集中之处，岩内洞高 30 余米，石乳、石柱、石幔如人似物，遍布其间，摩崖石刻多达 270 多处，荟萃了上至唐宋、下至民国的名人诗词歌赋，故有“千年诗廊”之称。

满江红·深圳[1]行

特区成长，三十年，如树参天。
看今朝，大厦林立，生机盎然。
四海巨商汇蛇口[2]，五洲工贸聚海湾。
创业者，脚步急匆匆，无休闲。

纳人才，谋发展。创一流，勇超前。
效率即生命，科技领先。
锦绣中华[3]多美景，世界广场[4]在狂欢。
夜幕下，深港灯如海，不夜天。

［注释］

①深圳：位于广东省南部，南与香港毗邻。在邓小平理论思想的指导下，于 1980 年成立了深圳经济特区。经过近 30 年的建设，深圳已由一个偏僻的渔村，发展成为一个外向型的先进工业基地，出口创汇和综合经济实力已跻于全国大中城市的前列。

②蛇口：是特区成立之后，创业者们以移山填海的气魄，创建成的现代化大型工业园区，吸引了世界 7000 多家跨国公司、财团在这里投资建厂。

③锦绣中华：位于深圳湾畔，占地 30 万平方米，有微缩

景点 120 处。从破土动工到竣工对外开放，仅用了不到两年的时间（1987 年 12 月至 1989 年 1 月），是深圳速度的证明。

④世界广场：是“世界之窗”景区内的一个文化活动中心，可容纳游客万人以上。正面有 10 尊世界著名雕塑，周围还有约 2000 平方米的浮雕墙。每当夜幕降临，华灯初上，由世界民族歌舞和艺术表演组成的“狂欢之夜”，仿佛把人们带入异国的美幻之中。

蝶恋花·珠海[1]行

渔女玉臂擎蓝天[2]，
一串珍珠，撒向南海湾。
化作绿岛金沙滩，迎来游客度休闲。

情侣路[3]绕绿荫畔，
月影花下，恋人情绵绵。
珠海之夜多浪漫，但愿双双共婵娟。

［注释］

①珠海：位于广东省南部，濒临南海，海岸线长达690千米，辖区内有146个岛屿，是一座新型的海滨花园城市。

②渔女玉臂擎蓝天：在香炉湾的海面上，矗立着一尊花岗岩雕刻成的“珠海渔女”塑像，高8.7米，是珠海市的象征。传说渔女是南海龙王的女儿，因爱上了这个地方的一个渔民青年，便化为渔女，不再回宫。龙王知道后，便派出虾兵蟹将把她押回龙宫。临行前，她将一颗宝珠献给了渔民，遂传为佳话。

③情侣路：南起拱北，北至香州，沿海岸线曲折蜿蜒，长达15千米，两旁有20多米宽的林荫绿地，花团锦簇。每当夜幕降临，灯光迷离，情侣依偎，浪漫之情油然而生，情侣路不愧为城市规划的一大杰作。

广西壮族自治区·桂游随记

广西壮族自治区，简称桂，首府南宁市。地处我国南疆，面向北部湾，北依云、贵、湘，境内气候温和，四季常青，田园如诗，山水如画，中外游客，络驿不绝，游览之后，感触颇多，遂填词一首，桂游赞歌：

永遇东·桂游赞歌

桂林山水，名扬天下，五洲向往。
阳朔古城，蜚声中外，似人间天堂。
漓江之美，美在山水，宛如百里画廊。
看两岸、峻峰林立，翠竹田园农庄。

水绕山转，群峰倒影，泛舟碧波荡漾。
首府南宁，四季常青，满城花果香。
今逢盛世，改革开放，各族幸福安康。
新时代、团结奋进，再创辉煌。

水调歌头·广西行

面向东南亚，背依大西南。
凭借区位优势，开放最前沿。
外联东盟十国①，内引港澳台湾，合作谋发展。
产业大调整，开发北部湾②。

讲科学，重人才，抢时间。
打造平台，融入全球经济圈。
雄鹰展翅翱翔，扬起时代风帆，迎接新挑战。
“四化”展宏图，各族笑开颜。

［注释］

①外联东盟十国：东南亚联盟始创于1961年7月，1967年8月发表了《曼谷宣言》，正式宣告东南亚国家联盟成立，简称“东盟”。共有10个成员国，它们是：马来西亚、菲律宾、泰国、印度尼西亚、新加坡、文莱、越南、老挝、缅甸、柬埔寨。

②开发北部湾：国家在实施西部大开发的战略中，为充分发挥广西的区位优势，国务院于2008年正式批准《广西北部湾经济区发展规划》。“规划”的实施，必将大大提升该地区的综合实力，同时也为大西南地区的现代化建设开辟了广阔的道路。

七律

游桂林①

桂林一游逾十天，未览景点尚有半。
昨去“花桥”兴未尽②，今日又来芦笛岩③。
溶洞玉翠流异彩，一眼望穿千万年。
桂林山水皆神话，触景生情总流连。

［注释］

①桂林：位于广西壮族自治区东北部，是我国历史文化名城，是驰名中外的风景旅游区，自古就有“桂林山水甲天下”之美誉。

②昨去“花桥”兴未尽：花桥横卧于桂林市小东江与灵剑溪的会合处。一头连着闹市，另一头连着七星公园。花桥始建于宋朝，后经几次重修，最后一次为20世纪60年代。桥全长126.5米，宽约6米，原七孔改为六孔，与周围湖光山色融为一体，是桂林的一大景点。

③今日又来芦笛岩：芦笛岩位于桂林市西北约7千米处的光明山，因洞口有一种可制作笛子的芦草而得名。溶洞纵深约240米，观赏景点达30余处，留下自唐代以来的墨宝70余幅。洞中的岩石造型千姿百态，让游人目不暇接。

水调歌头·漓江[1]行

朝辞象山[2]岸，船顺漓江行。
恰遇蒙蒙烟雨，如游梦幻中。
霎时云开日出，又见群峰倒影，竹翠野花红。
右览“半边渡[3]”，左识骏马屏[4]。

江弯弯，景多变，水多情。
船到阳朔[5]，登上鉴山瞰古城[6]。
但见奇峰屹立，疑似出水芙蓉，桑田尽美景。
人说天堂美，阳朔胜天宫。

［注释］

①漓江：发源于桂林市东北兴安县猫儿山，流经桂林至阳朔，然后到梧州汇入西江。此段水程约 83 千米，是漓江风光精华之所在。

②象山：即象鼻山。位于桂林市桃花江与漓江汇流处，山高约 30 米，因形似伸鼻吸水的大象而得名。

③半边渡：由象山南下约不到 30 千米，便到冠岩。因山岩如削，断了右岸的通道，只能换乘小船绕道而行，渡船来往都在岸的一边，故名“半边渡”。

④左识骏马屏：船到画山，只见绝壁之上，色彩斑斓，似有9匹骏马，神态各异，但究竟几匹，难以识别。

⑤船到阳朔：阳朔位于桂林南约65千米处的漓江西岸。这里风光秀丽，自古就有“桂林山水甲天下，阳朔山水甲桂林”之美誉。

⑥登上鉴山瞰古城：碧莲峰又名鉴山。位于漓江城东，这里是观赏漓江风景的最佳之处，登上鉴山楼，漓江风光尽收眼底。

满江红·阳朔赞

阳朔古城，洋人街、名声远扬。
石板路、明清庭院，古色古香。
路边酒吧咖啡馆，名茶小吃细品尝。
数十家、洋人开商铺，经销忙。

小城镇，大市场；财源多，见识广。
老少学外语，汇通八方。
桂林山水甲天下，天下旅客游漓江。
大自然、馈赠黄金地，人向往。

［注释］

阳朔位于桂林市南65千米处的漓江西岸，是一座有1700多年历史的文化古城。这里是世界上最典型的喀斯特（岩溶）地貌，境内奇峰林立，平地拔起，千姿百态，山水风光优美，自古就有“桂林山水甲天下，阳朔山水甲桂林”之誉，古人有诗赞曰：“阳朔百里尽是画，碧莲峰里有人家。”

改革开放以来，吸引了大批外商来此投资经商，在阳朔西街，全长不足1千米的地方，聚集了20多家外国人开设的店铺，这里充满着异国情调的夜景，风情万种，被称为“洋人街”。当地的老百姓，不论男女老少，都能说几句流利的英语，极大地促进了旅游业的发展。

踏莎行·北海银滩

北海之滨，沙滩如绵，
绿荫环抱北部湾。
远眺碧波连天宇，白帆点点打鱼船。

漫步月下，星光璀璨，
身心融入天地间。
一年四季无寒暑，人生难得几休闲。

［注释］

北海银滩：位于北海市南郊约 9 千米处，绵延 24 千米，因滩缓沙白，面积宽广，故有“天下第一滩”之称谓。银滩面临北部湾，登冠峰远眺，但见白帆点点，海天一色，令人遐想万千。海滩岸边植有防风林带，一年四季，绿树红花，空气清新，环境幽静，是消夏避暑的理想之地。

蝶恋花·天瀑赞

德天瀑布水连天，
横跨中越、青山绿水间。
回春河流几洄转，突遇断崖现奇观。

飞瀑直泻落龙潭，
浪花飞溅、峭壁挂银帘。
仰望瀑顶山重山，红棉翠竹层层田。

［注释］

德天瀑布位于中越边境的广西壮族自治区大新县硕龙乡，横跨中越两国之间，是亚洲第一、世界第二的跨国大瀑布。发源于广西靖西县的回春河，流入越南后，又折回广西，在经过硕龙乡德天村时，遇断崖跌落而成瀑布，在三级高达70多米的巨大落差下，激流以排山倒海之势，从横跨120米的峭壁飞泻而下，形成了气势恢宏的壮丽景观。在德天瀑布的群山之上，有幽静的明仕田园和恩城自然保护区，这里一年四季如春，到处是红棉翠竹，小河流水，梯田层层，一派世外桃源景象，让游人流连忘返。

海南省·琼游随记

海南省，简称琼，省会海口市，位于我国南海北部，境内海域辽阔，碧水蓝天。俯瞰“三沙”群岛，宛如珍珠璀璨。海港巨轮穿梭，货箱堆积如山。瞭望渔场，桅樯如林，旗帆招展。海滨旅游胜地，三亚南端亚龙湾，海水清澈见底，沙滩细软如绵，空气清新，阳光灿烂，游人如织，中外同欢。夜宿三亚宾馆，兴奋难眠，遂构思提笔，留下七律一首，以作琼游纪念。

七律

赞海南

北渡海峡抵两广，南航千里太平洋。
今已筑起新丝路，亚欧海运分外忙。
五指山水美如画，三亚海滨更风光。
亚洲博鳌设论坛，共谋发展新篇章。

沁园春·海南行

海岛风光，千里绿洲，万顷波涛。
望万泉河[①]畔，橡园椰林；三江汇口，论坛博鳌[②]。
五指山[③]下，苗村黎寨，育无数巾帼英豪。
登南山[④]，拜南海观音，百难俱消。

夜踱三亚市郊，步沙滩，月下观海潮。
浪涛堆如雪，与我拥抱；白沙如絮，神魂飘摇。
似在梦中，同鹿赛跑，遂追至天涯海角。
惊回首，方知天已晓，海南您早？

［注释］

①万泉河：发源于五指山琼海市境内，全长162千米，是著名的红色娘子军的诞生地。

②论坛博鳌：位于琼海市东南约20千米，在万泉河、龙滚河、九曲江汇流的出口处，是著名的“博鳌亚洲论坛”会址所在地。

③五指山：位于海南省中南部，五指山海拔1867米，为海南省第一高峰。山上古木参天，山下橡树椰林，为海南省著名的旅游胜地。

④南山：南山位于三亚市西约 40 千米处。在南山佛教文化园林中，矗立着一尊高达 108 米的南海观音塑像，背山面海，蔚为壮观。景区内还建有南山寺、十方塔林等。

满江红·三亚行

三亚[1]风光，美如幻，碧海蓝天。
放眼眺，波光粼粼，渔帆点点。
岸边椰林芭蕉翠，青山环抱亚龙湾[2]。
水湛蓝，健儿潜海底，游龙潭。

月光下，踏沙滩；白如雪，软似绵。
躺仰望星空，遐想万千。
天涯海角[3]近咫尺，故人到此思中原。
今非昔，人称“夏威夷”，乐忘返。

［注释］

①三亚：古称崖州。位于海南省最南端，市区内的大东海、亚龙湾、天涯海角等，都是全国著名的旅游胜地。

②亚龙湾：位于三亚市东南约25千米处。海滨有一条月牙形长近10千米的沙滩，沙质细白柔软。海湾面积达66平方千米，海水清澈，水温年平均24℃左右，有“天下第一湾”之誉。是国家级旅游度假区。

③天涯海角：位于三亚市马岭山下的海滩上，这里矗立着一片巨石，其中有两块最高的青石上，分别刻有“天涯”“海

角”红色的隶体大字。据载“天涯”为清雍正十一年（1733）崖州知州程哲所书；“海角”二字，书者不详。古时被贬罪臣发配到这里后，不免感慨万千，大有人生已到尽头之感。时过境迁，如今这里已成为全国著名的旅游风景区。

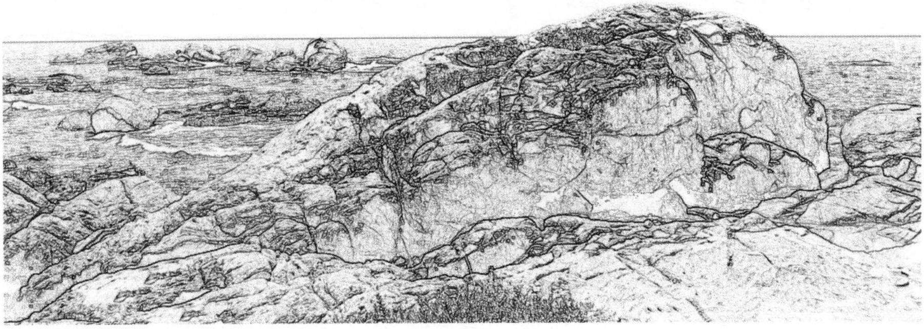

卜算子·梦游

昔日蛮荒地①，而今胜天堂。
敢问“五公”②何所想，“五公”笑眉扬。

随访苏公祠③，报知故国强。
公即挥毫诗百首，盛赞新辉煌。

［注释］

①昔日蛮荒地：三亚因地处海南岛的最南端，交通闭塞，十分荒凉，故被视为“蛮荒之地”，历史上曾是封建王朝流放“叛臣逆子”的地方。

②敢问“五公”何所想：“五公”指唐朝被贬宰相李德裕和南宋被贬重臣李纲、赵鼎、李光、胡铨等五人。后人为纪念他们忠心报国的崇高品格，于清光绪十五年（1889）在海口市东南约 5 千米处建立了五公祠，祠堂内有五公的石像，供人瞻仰。

③苏公祠：位于五公祠东侧。据载，苏东坡于 1097 年被贬于儋州，与其长子苏过住在三间土房里，历时三年半。1326 年，当地人为纪念苏轼，在其旧居处建起了东坡祠。后经多次重修，现祠堂内有苏轼石刻像和苏轼《行香子》《临江仙》两首词的碑刻。

卜算子·琼花赞

峻峭五指山，秀丽万泉河。
红色娘子军歌舞，誉满全中国。

除恶南霸天，打碎旧枷锁。
永远跟着共产党，开创新生活。

［注释］

吴琼花是红色娘子军第二任连长，人物原型为冯增敏，话剧、电影里的取材，完全是根据冯增敏的亲身经历编写而成的。吴琼花原本是当地恶霸地主南霸天府里的一个侍奉丫头，后因不堪忍受南霸天的残酷压迫，走上反抗斗争的道路，历经磨难，在濒临死亡的关键时刻，幸遇时任红色娘子军连的党代表洪常青，被救下的吴琼花在洪常青的指引下，参加了红色娘子军，很快成长为一名出色的红军战士。

木兰花·梦游西沙

月色朦胧游西沙，巧遇仙女散琼花。
瞬间花朵变绿岛，灿若群星落天涯。

旭日东升飘彩霞，渔帆点点美如画。
潜游海底大世界，红珊宫殿龙王家。

［注释］

西沙群岛位于海南省东南约 180 海里的洋面上，由大小 45 座岛、礁组成，其中永兴岛最大，面积达 2 平方千米，是西沙、南沙、中沙 3 个群岛的首府所在地。西沙自古就是中国的领土，古称“千里长沙”，是南海航线的必经之地。

西沙群岛及其附近海域，是我国南海主要的热带渔场，有各种鱼类 400 余种，是金枪鱼、梭鱼、石板鱼等的重要产区。每当捕鱼季节来临，万船云集，桅樯如林，夜晚灯火辉煌，景象蔚为壮观。

重庆市·渝游随记

重庆市，位于长江、嘉陵江汇合处，三面环水，背依青山，呈半岛之势。重庆是我国历史文化名城，周属巴国，秦设巴郡。重庆之名，源于南宋光宗赵惇，其于 1189 年，在此先封恭王，继登帝位，一年双庆，故改恭州为重庆府，沿用至今。因嘉陵江古称渝水，故重庆简称为“渝”。重庆市区依山傍水，楼舍建筑，以山石为基，拔地而起，故称“山城”，又因全城冬、春多雾，年均雾日多达 100—150 天，故有“雾都”之称。

1993 年 3 月，中央设重庆为直辖市，该市地域辽阔，是京、津、沪三个直辖市总面积的 2.4 倍。重庆历史悠久，旅游资源十分丰富，大足区境内石刻造像 70 余处，10 万余尊，规模宏大，艺术精湛，保存完好，宝顶山摩崖石刻，造像 264 处龛窟，多为唐、宋时期的作品，大足石刻被联合国列入《世界遗产名录》。驰名中外的长江三峡，全长 193 千米，主要景点，多在重庆长江流域之内。

抗日战争时期，重庆成为国民政府的陪都。西安事变后，蒋介石被迫接受联共抗日，此时重庆的曾家岩、红岩、桂园，都是中国共产党开展抗日活动的重要阵地。

重庆是我国大西南的重镇，改革开放以来，各项事业飞速发展，现在又搭上“一带一路”的快艇，乘风破浪，勇往直前，开创更美好的未来。

水调歌头·重庆行

西倾三江水[①]，东泊万里船。
山城起浮多姿，高楼耸云端。
白日万商云集，夜晚灯火璀璨，清晨雾遮天。
茶馆一壶水，故友话当年。

红岩村[②]，周公馆[③]，永怀念。
美蒋勾结，志士血染歌乐山[④]。
而今中华崛起，重庆地覆天翻，山河变新颜。
国强民亦富，先烈笑九泉。

［注释］

①西倾三江水：三江是指长江、嘉陵江和涪江。

②红岩村：红岩村13号曾是1939年中共中央南方局和八路军驻重庆的办事处，周恩来、董必武、叶剑英、邓颖超等革命前辈曾在这里工作，1945年8月毛泽东寓此与蒋介石举行“重庆谈判”，并签订了《双十协定》。

③周公馆：位于重庆市曾家岩50号，是一幢三层小楼，曾是周恩来在城内的办公处，俗称周公馆。

④志士血染歌乐山：臭名昭著的渣滓洞、白公馆都在歌乐山，有无数的革命先烈曾在这里惨遭杀害。

蝶恋花·歌乐山[①]

美蒋勾结罪滔天，
害我栋梁，血染歌乐山。
为求真理披肝胆，何惧妖魔舞钢鞭。

黑暗总在黎明前[③]，
蒋家王朝，终于被推翻。
神州大地红旗展，烈士高歌笑九泉。

［注释］

①歌乐山：位于重庆市沙坪坝区，解放前是“中美合作所”的所在地，解放后为了纪念牺牲的革命先烈，在这里修建了烈士陵园和纪念碑，供人们瞻仰。

②黑暗总在黎明前：1949 年 11 月重庆解放前夕，美蒋特务逃窜时，一次屠杀了我革命志士 300 余人，制造了震惊中外的“一一二七”大惨案。

水调歌头 · 红岩颂

看罢红岩村[1]，瞻仰周公馆。
室内陈设依旧，故人已归天。
为求民族解放，身卧虎穴龙潭，赤心系延安。
日寇刚投降，蒋又起内战。

齐呐喊，反独裁，讨民权。
单方撕毁“协定”[2]，墨迹尚未干。
重大历史关头，我党力挽狂澜，“三战”乾坤转[3]。
民意不可违，违者必自歼。

［注释］

①红岩村：位于重庆市西郊8千米处。全国解放后，这里建成了红岩村革命纪念馆，其中包括：红岩村13号，为1939年中共中央南方局和八路军驻重庆办事处；曾家岩50号，因以周恩来名义租用，称“周公馆”；桂园，为国共两党重庆谈判时，毛主席居住和工作的地方。

②单方撕毁“协定”：“协定”即《双十协定》。为了尽一切可能争取战后和平，在蒋介石三次电邀的情况下，中共中央决定派毛泽东、周恩来、王若飞赴重庆与国民党进行谈

判。自 1945 年 8 月 28 日起，历时 43 天，至 10 月 10 日签订了《国共双方代表会谈纪要》，即《双十协定》。纪要发表后不到 1 个月，国民党就撕毁“协定”，制造了西南联大的“一二·一惨案”。

③“三战”乾坤转：指解放战争中的辽沈、平津、淮海三大战役。

四川省·川游随记

在商、周时期，这里曾是巴、蜀两国之地，秦统一后，设巴、蜀两郡，北宋咸平年间，设益州、梓州、利州、夔州四路，后简称四川，因蜀郡延续千年之久，故四川又称蜀。四川省气候温和，雨量充沛，境内江河纵横，西有平原，东有盆地，农业十分发达，向有“天府之国”誉称。四川物华天宝，人杰地灵，这里是邓小平、朱德、郭沫若、赵一曼等老一辈无产阶级革命家的故乡。全省旅游资源丰富，有成都、广元等 7 座历史文化名城，其中成都市早在西汉，就有“五都”之盛誉。全国著名的旅游景点，峨眉山、乐山大佛、九寨沟、黄龙、都江堰、青城山等，均被联合国列入《世界遗产名录》。

四川境内的摩崖石刻，琳琅满目。驰名中外的乐山大佛，是世界上最高的石刻佛像；安岳素有“中国石刻之乡”的盛誉，现存唐、宋五代时期的石刻造像 140 多处、10 万余尊；广元境内的摩崖石刻，规模宏伟，历史悠久，工艺精湛，至今保存完好的石刻群，都是我国的艺术珍品。

四川这片热土，是红军长征、北上抗日的必经之地，红军入川后，粉碎了敌人数次围追堵截，勇士们抢渡泸定桥，穿越草地，终于胜利到达陕北，为抗日战争的胜利和新中国诞生，作出了历史性的贡献，让我们在潘松县元宝山红军长征纪念碑前，庄严宣誓：永远继承和发扬革命先辈的光荣传统，为中华民族的伟大复兴，勇攀高峰，贡献终生。

望海潮·四川行

今日四川，城乡巨变，处处生机盎然。
西部开发，成都崛起，带动西南一片。
出行不再难，水陆空如网，商机无限。
天府之国，数千年文化灿烂。

"三星堆①"文明史，秦筑都江堰②，世人惊叹！
乐山大佛③，安岳石刻④，堪称天下奇观。
登峨眉之巅⑤，游九寨黄龙⑥，如梦如幻。
开放改革，巴山蜀水换新颜。

［注释］

①三星堆：三星堆是古蜀国遗址，位于广汉市城西南兴镇三星村一带，距今已有4000余年的历史，出土的文物有青铜器、玉器、石器、陶器、象牙等，为世人震撼。

②都江堰：位于岷江中上游，是中国古代著名的水利工程，距今已有2200多年的历史，充分体现了古代劳动人民的聪明智慧，变害为利，造福人民。

③乐山大佛：位于乐山市南岷江东岸，凌云山西壁，岷江、青衣江、大渡河三江汇合处，开凿于唐开元元年（713），

是世界最高的石刻大佛。已被联合国列入《世界遗产名录》。

④安岳石刻：位于成都市东南约170多千米处，境内有唐、宋、五代时期石刻造像140多处、10万余尊。安岳有“中国石刻艺术之乡”的美誉。

⑤峨眉之巅：峨嵋山是中国四大佛教名山之一，登顶方有“峨眉天下秀”之感。

⑥游九寨黄龙：九寨沟、黄龙均位于四川北部，被誉为川北高原上的两颗明珠，均被列入《世界遗产名录》，是著名的旅游胜地。

水调歌头·成都行

昔日大都会[①]，今朝更辉煌。
商厦楼宇高耸，花园连广场。
蜀道四通八达，集散四海精品，汇五洲客商。
西部大开发，又奏新乐章。

抓机遇，谋发展，奔小康。
巴蜀灿烂文明，令中外向往。
三星堆惊天下[②]，李冰筑堰都江[③]，武侯人敬仰[④]。
杜甫寓成都[⑤]，诗词满草堂。

［注释］

①昔日大都会：成都是我国历史文化名城，在西汉时，即与洛阳、邯郸、临淄、宛并称为“五都”。

②三星堆惊天下：自1929年发现古蜀国遗址以后，人们就有“沉睡三千年，醒来惊天下”之誉。

③李冰筑堰都江：2200多年前，蜀郡守李冰为了变岷江的水害为水利，修建都江堰。

④武侯人敬仰：因诸葛亮生前被封为武乡侯，为了纪念他的功绩，成都市南郊建有祠堂，诸葛亮备受后人的敬仰。

⑤杜甫寓成都：杜甫是中国历史上著名的现实主义诗人，于唐乾元二年（759）从陕西流亡至成都，在此流寓近 4 年。在这期间，留下诗词 240 余首。草堂是杜甫寓居过的地方，现已建成杜甫草堂博物馆。

水调歌头·峨眉颂

峨眉天下秀，巅峰多奇观。
金顶晨览日出，朝霞飞满天。
旭日冉冉升起，山峦金光璀璨，忘却五更寒。
云海波涛涌，浪卷舍身岩。

日偏西，佛光照，七彩环。
秋夜月色朦胧，神赐灯万盏。
华夏佛教圣地，寺庙雄伟壮观，香火盛千年。
拜普贤菩萨，祈国泰民安。

［注释］

峨眉山位于成都市西南约160千米处，主峰海拔3099米，是我国四大佛教名山之一。自1世纪佛教传入中国后，历代就不断在此兴建寺庙，最兴盛时，庙宇曾达百余处，保留至今的尚有20多处，相传这里是释迦牟尼弟子普贤菩萨的道场。

金顶华藏寺位于峨眉山顶峰，海拔3077米，始建于东汉，因殿顶鎏金而得名，后遭火灾被毁，现存华藏寺是1990年按原貌重建的。登临金顶，可观尝四大奇观，即日出、云海、佛光和圣灯。因观日出时需早起，气候很凉，故有“忘却五更寒”之语。其中佛光和圣灯，是峨眉山独有的自然景观，游人看后，无不感到惊奇。

满江红·爱心相连

地动山摇，刹那间，废墟一片。
望川北，楼舍倒塌，路毁桥断。
党中央及时决策，全国军民齐动员。
子弟兵，视民如父母，冲在前。

医疗队，奔一线；尽全力，救伤残。
赈灾无疆界，爱心相连。
团结互助手挽手，众志成城渡难关。
看未来，家园更美好，同心干。

［注释］

2008 年 5 月 12 日下午 2 时 28 分，四川汶川地区发生 8.0 级大地震，给我国造成重大的人员伤亡和财产损失。在党中央、国务院的坚强领导下，全国军民迅速掀起了抗震救灾的高潮，充分发扬了一方有难八方支援的民族团结精神。震灾也引起了国际友人和海外华侨的极大关注，纷纷向灾区伸出了援助之手。经过一个多月的艰苦奋战，抗震救灾取得了阶段性的胜利，并为重建美好家园奠定了坚实的基础。

七律

九寨沟

万山翠绿雾朦胧，碧波涟漪水多情。
鹰击长空鱼潜底，遍地野花灌木丛。
瀑布飞泻千尺外，朝霞斜阳飘彩虹。
人与自然永和谐，九寨风光胜天宫。

［注释］

九寨沟位于四川省北部九寨县康隆乡境内。这里崇山峻岭，沟壑纵横，因沟内有9个藏族村寨而得名。其中树正、则札洼和日则三条沟的景区总面积达700多平方千米，景区内有大小湖泊100余处，瀑布随处可见，其中最大的珍珠滩瀑布宽180米，高30米。这里的水清澈见底，纯净多姿，故有“九寨归来不看水”之赞誉。另外，景区还有原始森林200余平方千米，是珍稀动物的乐园。现已被联合国列入《世界遗产名录》。

卜算子 · 贡嘎山赞

山上披银装，山下花争艳。
半坡枫叶红似火，森林掩冰川。

冰瀑凌空挂，峡谷喷温泉。
高原湖畔牛觅草，原始大公园。

［注释］

贡嘎山位于四川省甘孜藏族自治州境内，主峰海拔 7556 米，是四川省第一高峰，以现代冰川奇观闻名于世。该地共有冰川 71 条，其中著名的有 5 条，海螺沟冰川是最富魅力的一条，它长 14.7 千米，宽 2 千米，伸入原始森林 6 千米，呈现出冰川与森林共存的奇观。另外，海螺沟内还有一条巨型冰瀑，凌空垂挂，落差 1080 米，宽 1100 米，由无数巨大的冰块垒叠而成，蔚为壮观，堪称世界奇迹。该地区由于气候呈现出极其显著的垂直变化，故从山顶至山脚呈现出明显的四季景观，山顶银装素裹，山下野花遍地，在山腰却是红叶纷飞，秋意正浓的景色。令人更为称奇的是，在这冰天雪地的世界里，竟有数十处温度在 40—80℃之间的温泉喷涌而出。另外，景区内还有 10 余个高原湖泊，这里生长着 4800 余种野生植物和 400 余种珍稀动物，羚牛、岩羊、猕猴等随处可见。

木兰花·稻城赞

七彩稻城美如画，万紫千红四季花。
一湾清河村边过，世外桃园百姓家。

仰望雪峰蓝天下，飞泉瀑布落悬崖。
秋风黄叶层林染，炊烟牧歌送晚霞。

［注释］

稻城位于四川省西南边缘，甘孜藏族自治州境内，面积7323平方千米，藏族占全县人口的96%。位于北面的海子山，海拔5020米，山上有大小湖泊1145处，高峰入云，沟壑纵横，流泉飞瀑，景色秀美。耸立于稻城南面的俄初山，海拔5140米，高峻巍峨，在金秋季节，满山层林尽染，五彩缤纷，游人流连忘返。

稻城属高原季风气候，年均气温11.5—12.8℃，适宜各种动植物生息繁衍。

贵州省·黔游随记

贵州，简称贵或黔，省会贵阳市。贵州全境，峰峦峻峭，江河纵横，气候湿润，四季常青，人称“天然大公园”，省会贵阳是“第二春城”。旅游资源丰富，景点稀奇新颖，石林、瀑布满目琳琅，黄果树瀑布，中外驰名。大方、黎平天生桥两座，壮观雄伟，据说出自鬼斧神工。黔西南马岭河峡谷，堪称喀斯特地貌典型，两岸峰林叠翠，万壑峥嵘，悬崖峭壁，怪石丛生，飞瀑飘落，百鸟齐鸣，水绕群峰流转，穿越峡谷溶洞，沿着山寨流淌，又见柳暗花明，好一处“美丽的地球伤疤”，实为天赐胜景，引无数中外宾客，观赏摄影。

走进黔东南，游览凯里城，适逢苗族佳节，游人似潮涌，广场载歌载舞，乐队吹奏芦笙，姑娘一身“银装”，小伙歌舞传情，洋溢民族风彩，城乡一派繁荣。

参观遵义会址，史事宛然在目，随笔填词一首，以表敬仰之情。

满江红·遵义颂

黔北重镇、遵义城，红旗招展。
忆往昔、红军北上，炮火连天。
百万敌军“围剿”，苏区遍地起狼烟。
共产党，为救全民族，冲在前。

遵义会，挽狂澜；毛泽东，掌军权。
娄山关大捷，乾坤逆转。
四渡赤水得胜利，巧妙冲出包围圈。
一年后，红军大会师，奔延安。

沁园春·贵州行

多彩贵州，山水如画，四季如春。
望黔南贵北，峰峦起伏；江河两岸，翠竹密林。
峡谷瀑布，苗寨古镇，风光无处不迷人。
黄果树①，群瀑从天降，雷霆万钧。

走进织金洞②门，玉塑千姿，万景奇神。
放眼黔东南，鼓楼高耸；歌舞之乡，跃出国门。
北览遵义③，红旗招展，千秋伟业慰军魂。
看不尽，旅游新天地，宾朋如云。

［注释］

①黄果树：黄果树风景名胜区，位于贵州省安顺市西南45千米处，在其周围450平方千米内，分布着十多个姿态各异的瀑布群，其中黄果树瀑布最为壮观，其高度落差74米，宽81米，夏秋季节水量最大，“一溪悬捣，万练飞空”（徐霞客语），惊心动魄。

②织金洞：织金洞位于贵阳市以西166千米处的织金县境内，溶洞全长12.1千米，总面积达70多万平方米，洞内各种钟乳石、石笋、石帘，千姿百态，造型奇特，有“地下

艺术宝库”和“熔岩博物馆”之称。

③遵义：遵义市位于贵州省北部，是革命历史名城。1935 年 1 月中国工农红军第一方面军长征至此，中共中央于 1 月 15—17 日在此召开政治局扩大会议，集中解决了当时最紧迫的军事问题和组织问题，确立了毛泽东在全党全军的领导地位，结束了王明“左倾路线”在中央的统治，为红军胜利完成二万五千里长征奠定了基础。

水调歌头·贵阳行

初上甲秀楼[1]，环视贵阳城。
远山近水楼阁，尽在花园中。
遥望黔灵[2]如画，古刹摩崖曲径，泉流飞鸟鸣。
南眺花仡佬[3]，云卷青麟峰[4]。

黄金道[5]，百步桥[6]，胜仙境。
东览群山[7]，殿堂辉煌万木葱。
适逢民族佳节，广场歌舞沸腾，唯筑[8]多风情。
各族如兄弟，和谐共繁荣。

［注释］

①甲秀楼：是贵阳市的标志性建筑，位于市中心南明湖的浮玉桥上，建于明万历二十五年（1597），现楼为清代重建，高 22 米。“甲秀”即“科甲挺秀”之意。

②黔灵：指黔灵公园，位于贵阳市西北约 1.5 千米处，面积约 300 公顷。山上古木参天，建有弘福寺，山前有麒麟洞、古佛洞等洞及“虎”字等摩崖石刻，风景如画。

③花仡佬：花溪原名花仡佬，位于贵阳市南郊约 17 千米处。花溪公园是贵州著名的旅游风景区。

④云卷青麟峰：麟山是花溪公园内的主峰，因形似麒麟得名，有“云卷青麟”之誉。

⑤黄金道：是花溪公园最迷人的地方，左山右水，金秋季节，黄叶铺道，山水相依，让游人流连忘返。

⑥百步桥：用多块露出水面的石头搭接而成。游者踏石而过，可赏水中倒影，乐趣无穷。

⑦东览群山：指位于贵阳市东门外的栖霞山和扶风山，扶风山俗称尖山，为黔垣第一峰。两山上建有多处佛道僧院祠堂。

⑧筑：贵阳简称。

蝶恋花 · 遵义颂

五次"围剿"经百战，
生死攸关，谁能挽狂澜？
遵义城头红旗展，多亏救星毛委员。

旋即大捷娄山关，
四渡赤水，冲出包围圈。
万里长征闯千险，会师陕北笑开颜。

［注释］

1933 年 10 月，蒋介石调集一百万军队，二百架飞机，向革命根据地发动了第五次"围剿"。由于博古、李德（共产国际派来的军事顾问）的错误指挥，红军第五次反"围剿"失败，不得不撤出根据地突围长征。1935 年 1 月，红军到达贵州遵义，中共中央召开政治局扩大会议，推选毛泽东为政治局常委，取消了博古、李德的最高军事指挥权，从而在极其危机的历史关头，挽救了党、革命和红军，遵义会议是中国共产党历史上一个生死攸关的转折点。会后，中央红军四渡赤水，冲破了国民党数十万军队的围追堵截，克服各种困难，长驱二万五千里，终于在 1935 年 10 月份到达陕北，先后与红十五军团红二、四方面军胜利会师。

清平乐·华夏第一瀑

一山横断，造天下奇观。
悬河飞泻犀牛潭，掀起万丈狂澜。

涛声响似雷鸣，雾幔化作彩虹。
游人流连忘返，尽在山水画中。

［注释］

黄果树瀑布为华夏第一瀑。位于贵州省贵阳市西约160千米处的镇宁县境内。瀑布宽约83米，落差68米，白水河由悬崖顶端直泻犀牛潭，潭深15米，激起的浪花高达20余米，轰若雷鸣，十里之外可闻其声；溅起的水雾，在晨曦阳光的照射下，泛起缕缕彩虹，让游人流连忘返。

水调歌头·苗乡赞

驱车八百里，畅游黔东南。
沿途风光秀丽，绿水绕青山。
前抵郎德苗寨，满目竹林茶园，盛开红杜鹃。
依山吊角楼，曲径通河边。

老水车，悠悠转，灌稻田。
适逢金秋节，丰收大联欢。
男女盛装歌舞，芦笙铜鼓喧天，碧空月正圆。
民族大团结，兄弟亲无间。

［注释］

黔东南是贵州省少数民族聚居的地区，凯里市是黔东南苗族、侗族自治州首府，苗族约占全市人口的60%以上，另外还有汉、水、瑶、壮、布依等民族，这里的民族风情多姿多彩，民族传统节日多达130余个。

郎德苗寨被文化部授予“中国民间艺术之乡”之称。在这里，游客可观赏到望丰河畔的吊角楼和数十架古老的竹筒水车，以及蜡染、织锦等民族工艺品。寨子里，每年节日集会多达200多个，尤其在开芦笙舞会时，人数都在万人以上，热闹非凡。

七律

游黔东古城

一叶轻舟游镇远[①]，三面环水四面山。
楼堂殿阁青石路，前街后河赛江南。
船头仰望青龙洞[②]，宫宇凌立峭崖间。
人称“黔东悬空寺”，南北千里脉相连[③]。

［注释］

①镇远：镇远县城位于贵州省东部，阳河下游武陵山余脉的崇山峻岭之中，是一座拥有 2000 多年悠久历史的文化名城。至今仍遗存楼、阁、寺、庙等古建筑 50 余座，古民宅 33 座，码头 12 个，古巷道 8 条，有西南水乡之称。

②青龙洞：位于镇远城东的中和山麓，有 33 栋亭台楼阁，均依山就势而建，被誉为“西南悬空寺”，是国家级重点文物保护单位。

③南北千里脉相连：青龙洞建于明代中期，距今已有 500 多年的历史，而位于山西恒山的悬空寺，则建于 6 世纪的北魏后期，距今已有 1400 多年的历史，两处古刹，虽南北相距千里，时间相差近千年，但其奇思构想和建造技巧，却有异曲同工之处，令人惊讶。

云南省·滇游随记

云南省，简称云或滇，省会昆明市。春城似花园，草木四季常青，处处花技招展。滇池方园五百里，碧波荡漾水连天，登上大观楼，览湖光山色，咏髯翁长联，楼藏诗词千百首，气盖山河独一篇。难忘一九九九，世界园艺博览，引五洲宾客，游览参展。

放眼滇东南，处处有奇观，万顷石林拔地起，石峰、石笋插云间，彩色砂林自然美，千姿百态色斑斓。滇西重镇大理，建城历史 2000 余年，24 个民族，共建美好家园。漫步大街小巷，两旁绿荫花坛，游客往来如织，店铺金匾高悬，商品价廉物美，货物品种齐全，掌柜戴着花镜，手拨紫珠算盘，老板迎来送走，从早忙到夜晚。民宅独具风格，门楼、照壁，优雅美观，雕刻工艺十分精湛，天井广植花木，四季百花争艳。走进洋人大街，两边都是商店，商品琳琅满目，让人眼花缭乱，名牌精品居多，老板说一口不太流利的普通话，热情和你交谈。

夜晚，漫游洱海赏明月；日出，登高遥望点苍山。时而云雾缭绕，时而山顶冰雪显现，瞬间晴空万里，远眺飞瀑松泉，苍山如此多娇，好一幅水墨画卷。游崇圣寺三塔，领略千年以前，南诏、大理时期，宗都文化的今古奇观。丽江历史名城，已载入《世界遗产》，三江并流，香格里拉，书中均有描绘，这里勿需多言。

沁园春·云南行

云南风光，绚丽多姿，变化万千。
滇西北高原，雪山峻峰；三江并流①，滚滚向南。
怒江峡谷，激流奔腾，香格里拉更惊险②。
九龙瀑③，似银河飞泻，直落九天。

春城百花争艳。永难忘，园艺世博展。
登龙门俯瞰，滇池如海；游民族村，歌舞联欢。
走进石林，奇峰怪石，览天下第一奇观。
愿未来，天地更和谐，造福人间。

［注释］

①三江并流：三江即金沙江、澜沧江和怒江。三江同源于青藏高原东南部，在南北纵列的高黎贡山、碧罗雪山和云岭山脉之间，由北向南，并流400多千米。

②香格里拉更惊险：香格里拉峡谷群，由香格峡谷、里拉峡谷、巴拉峡谷、色仓大裂谷、碧壤峡谷等组成，峡谷最宽处不足80米，最窄处仅10米。峡谷中石壁如削，绝大部分至今无人踏至，万分惊险。

③九龙瀑：九龙瀑布位于昆明市东，罗平县城东北九龙

河中游，在约20千米的河道上，由于地貌差异，形成高低不等的10级瀑布群，其中最大一级瀑布高56米，宽110米，丰水季节，远在几十千米外就可听见水流跌落的巨响，气势非凡。

七律

昆明赞

春城四季花似锦[1]，蓝天绿树草如茵。
浩瀚滇池五百里[2]，西山攀崖登龙门。
芦笙吹奏歌舞起，华夏民族第一村[3]。
难忘园艺世博展[4]，迎来五洲客如云。

［注释］

①春城四季花似锦：昆明地处云贵高原中部，年平均气温19.8℃。明代著名学者杨慎在《滇海曲》诗中，曾有“天气常如二三月，花枝不断四时新”之赞语，故昆明既有“春城”之誉，又有“花城”之美称。

②浩瀚滇池五百里：滇池又名昆明湖，位于昆明市西南西山脚下。在西山大观楼的长联中，首句云：“五百里滇池，奔来眼底。”现在滇池湖水面积约300平方千米。

③华夏民族第一村：位于昆明市南郊昆明湖畔，占地130万平方米，建有云南各少数民族村寨，是了解云南各少数民族风情的重要窗口。

④难忘园艺世博展：中国“99昆明世界园艺博览会”于1999年5月1日开幕，历时184天，有69个国家、26个国际组织参加，充分展示了当时世界园艺的最高水平。

满江红·怒江赞

怒江天险、大峡谷，令人震憾。
石门关、陡岩峭壁，触摩苍天。
江水奔腾赛野马，咆哮如雷卷狂澜。
浪排空、扬起千堆雪，激流漩。

源青海，穿藏滇；闯万壑，百回转。
冲出国境线，直泻缅甸。
高黎贡山月正明，碧罗雪峰空中悬。
惊回望、横渡攀溜索，心胆寒。

［注释］

怒江发源于青海省唐古拉山南麓，经西藏入云南，出境后穿越缅甸，注入印度洋。在云南省傈僳族自治州境内的石门关处，怒江遇到了高黎贡山与碧罗雪山的阻挡，两山海拔都在 4000—5000 米以上，滔滔奔腾的江水，在两山之间左右冲突，闯出了一条长达 300 多千米的夹缝，这就是闻名世界的大峡谷——怒江大峡谷。峡谷两岸，悬崖绝壁，流泉飞瀑，万千奇观，美不胜收。唐代诗人岑参曾有诗一首，中云："双崖倚天立，万仞从地劈，云飞不到顶，鸟去难过壁。"借来形容这大峡谷，也可以说是差相仿佛。

水调歌头·丽江赞

玉龙雪山①俏，丽江水多情。
山青水秀如画，游人恋古城②。
漫步五彩石路，观赏街头美景，店铺皆兴隆。
玉河③穿城过，泉水入院中。

房前后，花盛开，杨柳青。
民居依山傍水，和谐享安宁。
东巴文化④灿烂，纳西⑤世代传承，木府⑥似皇宫。
东方威尼斯，滇西第一城。

［注释］

①玉龙雪山：位于丽江市玉龙纳西族自治县境内，金沙江东侧，连绵十三峰，主峰扇子陡峰，海拔 5596 米，终年积雪，被纳西族同胞视为神山。

②古城：即丽江古城，位于大理市北约 200 千米处。始建于南宋末年，1997 年被联合国列入《世界遗产名录》。

③玉河：即玉泉河，发源于古城北象山脚下的黑龙潭。河水流到双石桥后，分成东、西、中三条干渠流入城内，然后又分成无数支流，穿街过巷，流入千家万户。

④东巴文化：东巴文化是纳西族文化中最灿烂的部分。纳西东巴文是人类文字起源和发展的“活化石”，它比甲骨文还要原始，虽然只有1400多个单字，但词语丰富，能记叙万事、写诗作文。

⑤纳西：一般认为是渊源于商周时期西北河湟地区的游牧民族古羌人，后南迁到今天的云、川、藏交界地带，其中96%分布在云南省，主要聚居在丽江地区。

⑥木府：位于丽江古城西南隅，是纳西族首领木氏世袭丽江土知府的衙署。建于明洪武十五年（1382），规模宏伟，被誉为“丽江紫禁城”。

七律

景洪①赞

满目葱茏遍地花，江畔竹楼②有人家。
昼看野象③嬉湖水，夜听露雨落青纱。
橄榄坝④上品南果，菩提树下拜佛塔⑤。
泼水节⑥里同歌舞，各族欢聚在版纳。

［注释］

①景洪：景洪市位于云南省南部，与缅甸、老挝相邻，澜沧江纵贯南北。所在的西双版纳旅游区以美丽的热带风光和浓郁的民族风情著称于世。

②竹楼：是傣族传统的居住建筑，已有千余年的历史。它既可防湿，又可避暑。这里盛产竹子、长茅草等，可就地取材。因其外型美观，已成为旅游的一大景观。

③野象：位于景洪市北约 50 千米处的勐养自然保护区，占地约 1400 平方千米，是野象出没的地方，又称野象谷。据观象台统计，目前保护区现存亚洲象近 300 头。同时还有大量的热带蝴蝶和奇花异草，供游人观赏。

④橄榄坝：位于景洪市东南澜沧江下游约 40 千米处，这里有一座天然公园——曼听公园，园内到处都是椰子、芒果、

菠萝、绣球果等热带水果林。在这里，还可以看到典型的缅式佛塔和传统的傣家竹楼。

⑤佛塔：在傣乡境内，佛塔、佛寺星罗棋布，位于勐龙乡山顶上的曼飞龙佛塔和景洪市北澜沧江北岸的曼阁佛寺，是典型的小乘佛教建筑。

⑥泼水节：是傣历新年（公历 4 月 13 日—15 日）。节日期间，人们互相泼水，以表祝福，青年男女借以求爱谈婚。人们身着盛装，载歌载舞，进行赛龙舟、赶摆等各项活动，热闹非凡。

满江红·苍洱风光

苍洱风光、美如画，令人向往。
览苍山[1]，白雪皑皑，林海茫茫。
悬崖瀑泻清泉涌，晚霞纷飞绕夕阳。
望洱海[2]，碧波连天际，云水长。

月光下，翠岛旁；星点点，花飘香。
似在梦幻中，迎来曙光。
远眺三塔[3]水倒影，近赏村寨青瓦房。
恰似那，人在仙境中，游天堂。

［注释］

①苍山：又名点苍山，位于大理市西北部，有十九峰、十八溪之说，主峰马龙峰海拔4122米，其余诸峰均在3000米以上，山顶终年积雪，并有众多高山冰碛湖泊，湖泊周围遍布原始森林，瀑布、清泉、溪水畅流其间。夏秋冬初之际常有云雾缭绕，云形变幻无常，令人遐想万千。因此，雪、云、峰、溪便成为苍山的四大自然景观。

②洱海：位于云南省大理市的苍山东麓，是云南省著名的高原淡水湖泊，因湖形如耳、浪大如海而得名。湖水面积

250 平方千米，平均水深 15 米。下关风、上关花与苍山雪、洱海月，是大理的“风、花、雪、月”四大景观。

③三塔：即崇圣寺三塔。位于大理市旧城西北约 1 千米处。主塔千寻塔建于 823—859 年，塔高 69.13 米，为方形 16 层密檐式塔。在主塔后面又建有两座小塔，各高 42.19 米，与主塔成“品”字形鼎峙，是典型的唐式建筑，造型精美，蔚为壮观。

西藏自治区·藏游随记

西藏自治区，神山圣水之地，寺庙、僧侣随处可现，景观充满神奇，百姓拜佛，川流不息。首府拉萨，神佛圣地，改革开放，城市变化，日新月异，高原开辟新航线，陆路交通，网线如织，五洲宾客云集。

西藏高原，源于喜马拉雅山，峰峦叠嶂数千里，横跨祖国大西南，人称“世界屋脊”，群峰直插苍天，主峰珠穆朗玛，屹立世界之巅，誉称地球第三极，傲立华夏天地间，终年冰雪覆盖，四季气候多变，女神真容时隐时现，时而云雾缭绕，旗云随风招展，宛如少女面纱，轻轻飘浮蓝天，时而风雪骤停，女神露出笑脸，此时的珠峰，远看像一座宝塔，巍然耸立云端；近看像天神的皇冠，威武壮观。远眺深山峡谷，流淌着数百条冰川，犹如银蛇狂舞，奔腾于悬崖沟壑之间。

高原风光，翠峰蓝天，茫茫森林碧如海，一望无际大草原，羚羊、斑鹿戏耍，牧民跃马扬鞭，百花斗艳争奇，遍野盛开红杜鹃。神湖清澈如镜，一轮明月高悬，湖畔峰林水倒影，疑似神童降人间。远眺飞瀑飘落，山涧流水潺潺。俯瞰西藏全境，犹如一座原始生态博物馆，藏东雅鲁藏布大峡谷，藏北 20 万平方千米的“无人区”，可谓世界奇观，它向科考探险家提出了挑战，西藏如此多娇，我们为您骄傲，为您高歌，为您赞叹！但愿这片圣地上的生态美景，世代相传，直到永远，永远……

沁园春 · 西藏行

踏上圣地[①]，仰望高原，神奇壮观。
纵横千万里，雪山连绵；江河源头，圣湖[②]冰川。
珠峰傲立，世界之巅，引无数健儿登攀。
蓝天下，阿里大草原，跃马扬鞭。

藏传佛教经典，数千年，今朝更灿烂。
昔文成公主[③]，汉藏结缘；千古佳话，万代流传。
布达拉宫[④]，叩拜佛祖，愿华夏国泰民安。
大开发，迎来大发展，再谱新篇。

［注释］

①圣地：唐贞观十五年（641），文成公主与吐蕃赞普松赞干布联姻，临行前唐太宗赐给文成公主一尊释迦牟尼 12 岁时的等身镀金佛像，后来这尊佛像便供奉在大昭寺。从此，拉萨就成为“神佛圣地”。

②圣湖：当雄县的纳木错、后藏的羊卓雍措和玛旁雍错，并称为西藏的三大圣湖。其中的纳木错湖水面积为 1961 平方米，水深 33 米以上，为世界海拔最高的咸水湖泊。

③文成公主：唐太宗养女。640 年，松赞干布派使臣赴长安求婚，唐太宗同意把文成公主嫁给他。文成公主进藏时，

带去大批生产工具、蔬菜籽、医疗器械和各种经典书籍，对汉藏文化、技术的交流发挥了重要作用。因此，文成公主深受藏族人民的爱戴。

④布达拉宫：藏语为“佛教圣地”之意。始建于7世纪，建筑总面积13万平方米，由宫殿、城堡和林卡三部分组成，金碧辉煌，气势雄伟，是西藏的象征。已被联合国列入《世界遗产名录》。

满江红·纪念西藏民主改革 50 周年

西藏巨变，五十年，地覆天翻。
废旧制，打碎枷锁，归还民权。
耕者有田得温饱，牧者牛羊遍草原。
图富强，改革浪潮涌，大发展。

兴科教，创集团；筑铁路，开航线。
迎来五洲客，观光游览。
神山圣湖扬天下，布达拉宫换新颜。
歌舞起，共饮青稞酒，万民欢。

［注释］

西藏自治区位于我国西南边疆，区域面积达 120 多万平方千米。1951 年和平解放，1965 年成立自治区政府。1959 年，在中国共产党的领导下，西藏人民实行民主改革，废除了封建农奴制度，使百万农奴和奴隶获得了解放，从此西藏的历史翻开了崭新的一页。50 多年来，在中国共产党的领导下，西藏的面貌发生了翻天覆地的变化，全区在政治、经济、社会、文化等各个领域实现了跨越式的发展，创造了人间奇迹。一个充满朝气、充满阳光、充满和谐的新西藏，正屹立在世界之巅。

七律

新西藏

改革开放四十年，西藏城乡大发展。
各条战线齐飞跃，日新月异捷报传。
青藏铁路通北京，高原开辟新航线。
迎来五洲观光客，雪顿佳节大联欢。

［注释］

改革开放40多年来，在党中央西部大开发的方针指引下，西藏城乡发生了翻天覆地的变化，至2012年底，全区国民生产总值连续20年保持两位数增长。铁路、公路、机场等基础设施建设日益完善，以“高山、雪域、阳光、藏文化”为主题的旅游业迅猛发展，2012年接待国内外旅游人次突破1000万大关，旅游总收入达124亿元，生态西藏成为“美丽中国”靓丽的风景线。

满江红 · 拉萨赞

佛门圣地、日光城①，令人神往。
举目望、布达拉宫②，金碧辉煌。
五世达赖③塑金身，万尊菩萨聚经堂。
两宫内、荟萃无价宝，画满廊。

八角街④，古商场；大昭寺⑤，名远扬。
拜文成公主，焚柱高香。
汉藏联姻垂青史，赤胆忠心为大唐。
千百年、激励后代人，图富强。

［注释］

①日光城：拉萨是世界上海拔最高的城市之一，年日照时数达 3000 小时以上，故有“日光城”之称。

②布达拉宫：位于拉萨市红山之巅，始建于 7 世纪，吐蕃赞普松赞干布（617—650）时期，占地总面积约 13 万平方米，由宫殿、城堡和林卡三部分组成，2012 年被评为五星级景区。

③五世达赖：五世达赖喇嘛罗桑嘉措，生于 1617 年，1652 年，被清朝顺治皇帝册封为“西天大善自在佛所领天下释教普通瓦赤喇怛喇达赖喇嘛”，授予满、汉、蒙、藏 4 种

文字的金册、金印，1682 年圆寂于布达拉宫。红宫的五世达赖喇嘛法体灵塔，高 14.8 米，塔身全用金皮包裹，据说共用黄金 11 万两，珍珠、宝石、玛瑙等共 18677 颗。

④八角街：是围绕大昭寺的一条街道，是藏族传统的转经之路，也是拉萨宗教、经济、文化、民族手工艺品和西藏风土人情的集结之地。

⑤大昭寺：位于拉萨市老城区中心，是 7 世纪藏王松赞干布为纪念文成公主入藏而建造的辉煌庙宇，建筑面积 2.5 万平方米，寺内现存壁画 4400 余平方米，1994 年被联合国列入《世界遗产名录》。

蝶恋花·珠峰[1]赞

仰望世界第一峰，
昂首天外、毗邻广寒宫。
疾风劲吹雪山顶，“女神”面纱[2]飘长空。

陡崖凝结百丈冰，
峡谷银河[3]、蜿蜒似玉龙。
山下花红草木葱[4]，湖畔牧歌百鸟鸣。

［注释］

①珠峰，即珠穆朗玛峰，位于西藏自治区日喀则西南定日县中、尼边界处，是喜玛拉雅山的主峰。2005 年 5 月 22 日，经国家精确测量，海拔高度为 8844.43 米，为万山之尊，世界第一高峰。

②“神女”面纱：“珠穆”在藏语中为“女神”之意。若在天气晴朗时，便能看到峰顶上有一团乳白色的烟云，像“女神”的面纱一样，由西向东缓缓飘移，这就是珠峰独有的奇观——“旗云”。

③峡谷银河：在珠峰山体的东北、东南和西南山脊中间，分布着 500 多条大小冰川，它们像银蛇玉龙一般，曲折蜿蜒，

另外，这里还分布着大量千姿百态的冰塔林，有的高达40—50米，景色非常壮观。

④山下花红草木葱：在珠峰的山脚下，是无边的草原和茂密的森林，在溪流湖畔，有无数的奇花异草，成群的斑鹿、羚羊和牦牛无忧无虑地在这里生息繁衍。

水调歌头·初探大峡谷

天赐一江水[1]，冲断万仞山。
两岸悬崖峭壁，苍岩挂冰川。
激流波涛汹涌，巨浪击石飞溅，轰鸣扣心弦。
水泻去无路，陡然大拐弯[2]。

穿峡谷，观飞瀑，渡险滩。
回眸珠穆朗玛，雄立天地间。
原始森林如海，辽阔牧场草原，满坡红杜鹃。
世上多胜景，唯此最壮观。

［注释］

①天赐一江水：即雅鲁藏布江，发源于喜马拉雅山北麓，全长 2900 多千米（中国境内 1700 千米），向南流入印度境内，下游注入孟加拉湾。

②陡然大拐弯：雅鲁藏布江自西向东穿越于喜马拉雅山脉和冈底斯山脉之间。而再往前，激流却在南迦巴瓦峰和加拉白垒峰之间，猛然向南来了一个 180 度的大拐弯，形成了一个全长 504.6 千米的大峡谷，最深处达 6009 米，是世界上第一大峡谷。沿途林海雪峰，飞瀑险滩，一年四季，景色变化万千，蔚为壮观。

七律

天湖赞

高原圣湖纳木错，浩瀚如海涌碧波。
晨风吹散轻纱雾，一轮明镜照天阙。
巍巍雪峰水倒影，茫茫草原畜满坡。
经幡招展扎西寺，香烟缭绕拜佛陀。

［注释］

纳木错藏语意为“天湖”，又称“圣湖”。位于拉萨市西北约 300 千米当雄县和班戈县的交界处。湖面海拔 4718 米，湖水面积达 1920 平方千米，水最深处 33 米以上，是世界海拔最高的咸水湖泊，为我国第三大咸水湖。在纳木错湖的东南岸，有伸入湖中的扎西半岛，岛上建有扎西寺，每年藏历五、六月份，都有许多佛教徒前来转经拜佛。届时，在湖畔上，可看到信徒们堆积起的玛尼石像一座座小山，扯起一道道五色经幡，随风飘扬，成为雪域高原独有的一道风景线，让人难以忘怀。

陕西省·陕游随记

陕西省，简称陕，省会西安市。古都西安，历史辉煌，文化灿烂，十三朝建都，延续越千年，朝代更迭，帝王变换，留下古迹千万处，堪称庞大博物馆，地上琳琅满目，地下遍布奇观，秦陵兵马俑发掘，震惊中外，已列入《世界遗产》。历史车轮滚滚向前，秦灭六国，开创封建帝制，统辖万里江山，筑长城，建皇宫，民怨沸腾，官逼民反。汉高祖刘邦，起兵灭秦兴汉，立四百年基业，汉武帝南征北战，张骞出使西域，开辟“丝绸之路”，促进东西方文化交流，物贸往来，世代相传，昭君出塞，成千古美谈。李氏父子太原举事灭隋，大唐兴衰289年，“贞观之治”，华夏国泰民安，70年后，出了个女皇武则天，改唐为周，迁都洛阳弃长安，在位21年，功过是非，死后墓前留下无字碑，让后人评判。

时代在前进，社会在发展，古城西安，从秦汉走到现代，19世纪30年代，发生了一起震惊中外的大事件，史称“双十二事变”，国民党张学良、杨虎城二位将军，因不满蒋介石的“攘外必先安内”的反动政策，于1936年12月12日，在西安对蒋介石发动了兵谏。在中国共产党的努力下，蒋介石接受了联共抗日的条件，从而形成了全民族抗日的统一战线。“西安事变”为抗日战争的胜利，作出了历史性的贡献。

1937 年，抗日烽火燃烧在黄土高原，中国共产党老一辈无产阶级革命家，率领八路军，会聚在革命圣地延安，指挥千军万马，与日寇浴血奋战，平型关大捷、百团大战，打得鬼子亡魂丧胆，终于迎来了“8 · 15”，日本宣布投降，革命圣地红旗招展，锣鼓喧天。延安是革命的摇篮，国内外有识之士，不远万里，奔向延安，追求真理，立志推翻三座大山。巍巍宝塔，像一座历史丰碑，屹立于高原之巅，让炎黄子孙世代敬仰，永远怀念。

水调歌头·陕西行

秦川八百里，华夏五千年。
战国七雄称霸，秦王坐江山①。
十二朝代兴亡②，多少荣辱悲欢，恩怨洒长安。
七十二帝王③，黄土下长眠。

骊山下，古城外，渭水边。
兵俑车马作陪④，伟业万代传。
纵览汉唐盛世，长安罗马齐名⑤，巨龙舞高天。
昔日铸辉煌，今朝更壮观。

［注释］

①秦王坐江山：前475年，中国有齐、楚、燕、赵、韩、魏、秦7个王国互相抗衡争霸，这一时期称为战国时期。前221年，秦王嬴政吞并其他六国，建立了中国历史上第一个统一帝国，自称始皇帝。

②十二朝代兴亡：西安是我国七大古都之一，从前1126年起，先后有12个朝代在此建都，历时1160年。

③七十二帝陵：陕西省是我国文物古迹荟萃之地，有“天然历史博物馆”之称，其中有大小帝陵72座，尤以秦、汉、唐最为宏伟壮观。

④兵俑车马作陪：1974 年在秦始皇陵东约 1.5 千米处，发现了秦始皇陵的 3 个陪葬坑，其中一号坑最大面积达 14260 平方米。三个坑共挖掘出陶俑 6000 多件，战车 100 多辆，陶马 400 多匹，各种兵器 10 万余件。秦始皇兵马俑被誉为“世界第八大奇迹”，已被联合国列入《世界遗产名录》。

⑤长安罗马齐名：西安在历史上的鼎盛时期，人口超过百万，与雅典、罗马、开罗并称为“世界四大古都”。

念奴娇·长安行

古都长安，五千年，文化光辉灿烂。
秦王华夏归一统，留下世界奇观①。
汉武唐皇，东征西战，创万代江山。
丝绸之路，通商欧亚海湾②。

遥想贞观盛世③，八方朝贺，九州共团圆。
华清池畔望骊山，往事皆成笑谈④。
雁塔碑林⑤，佛经墨宝，将千古流传。
晨钟暮鼓⑥，迎来国泰民安。

[注释]

①留下世界奇观：指被誉为“世界第八大奇迹”的秦始皇兵马俑。

②丝绸之路，通商欧亚海湾：丝绸之路从长安出发，在新疆分成两路，一路是经安息（今伊朗）直达印度洋，为南道；二路是越过帕米尔高原，到达中亚和波斯湾等地，为中道。东汉以后，又增加了一条通往地中海各国的通道，即北道。

③遥想贞观盛世：唐太宗李世民在位23年（626—649），他吸取历代兴亡教训，推行均田制、科举制，与民休息，勤

政克己，社会空前繁荣，史称“贞观之治”。

④华清池畔望骊山，往事皆成笑谈：华清池位于西安市临潼骊山北侧，因唐玄宗在此召见杨贵妃的传说而蜚声中外。骊山自秦、汉、唐以来，一直就是游览胜地。相传女娲“炼石补天”、西周幽王“烽火戏诸侯”等故事，都发生在这里。在骊山山腰有个小石洞，西安事变时，是蒋介石的藏身之所。

⑤雁塔碑林：大雁塔建于652年，塔高60余米，共7层，相传该塔是玄奘法师自印度归来，为供奉和储藏梵文经典和佛像舍利等物，亲自设计和督建的。西安碑林始建于北宋哲宗年间(1086—1100)，收藏了自汉代到清代的碑石2300多方，是我国书法名碑的荟萃之地。

⑥晨钟暮鼓：西安钟、鼓楼，都是古长安的标志性建筑。钟楼位于城内东西北大街的交会处，建于明洪武十七年（1384），楼上悬挂铜钟，用以报时。鼓楼位于钟楼西面，隔广场与钟楼相望，建于明洪武十三年（1380），楼上原有巨型大鼓一面，傍晚击鼓报时，全城都能听到。

满江红·纪念西安事变70周年

西安事变[①]、七十年，永记心间。
忆往昔、日寇入侵，毁我家园。
瞬息占领东三省，铁蹄踏进山海关。
救民族、于生死关头，举兵谏[②]。

“双十二”，拂晓前；扣老蒋，进忠言。
联合共产党[③]，力挽狂澜。
奋勇抗战得胜利，将军美名天下传。
看今朝、中华已崛起，宏图展。

［注释］

①西安事变：国民党爱国将领张学良、杨虎城，为要求蒋介石联共抗日，在西安发动的兵谏活动。因发生的时间是1936年12月12日，所以也称“双十二”事变。

②举兵谏：1936年12月4日，蒋介石为坚持推行“攘外必先安内”的反动政策，亲临西安，强迫张学良、杨虎城进攻红军和镇压抗日救国的群众运动。张、杨在中国共产党抗日民族统一战线政策和人民抗日运动的影响下，多次进言，劝蒋联共抗日，但均遭拒绝，张、杨出于无奈，遂于12月

12 日晨 5 时发动“兵谏”，扣留了蒋介石和随蒋至陕的陈诚等国民党高级将领。

③联合共产党：张、杨兵谏后，随即通电全国，提出了八项抗日政治主张。经过谈判，12 月 24 日，蒋介石被迫接受六项条件，其中一条为：停止“剿共”，联合红军抗日。西安事变得到和平解决，对推动国共两党再次合作，团结抗日，起到了重大的作用。

木兰花·骊山行

登上骊山九龙顶①，远眺东西两绣峰②。
左览晨曦旭日出，右看晚霞夕阳红。

自古骊山多名胜，周王唐帝太痴情。
褒姒③一笑失天下，贵妃④引发乱朝兵。

［注释］

①九龙顶：骊山的最高峰九龙顶，海拔1301.9米，位于西安市临潼县南。

②东西两绣峰：骊山因古迹众多，故有“绣岭”之称，山有两峰，名为东绣岭和西绣岭。

③褒姒：周幽王的宠妃。幽王为博取她的欢笑，竟故意点燃烽火，引各路诸侯带兵前来救驾，但诸侯们到时并未见敌军，多有窘状，由此引发了褒姒的大笑。后来犬戎真来进攻时，诸侯们看见峰火都不发兵，结果幽王被杀死于骊山，从而留下“褒姒一笑失天下”的典故。

④贵妃：即杨玉环（719—756），号太真，蒲州永乐（今山西芮城）人，善歌舞，晓音律。初为玄宗子寿王瑁妃，召入禁内后，深得玄宗宠爱，天宝四载（745）封为贵妃。其堂兄杨国忠擅政多年，安禄山以“清君侧”诛杨国忠为名发动叛乱。玄宗西逃至马嵬坡（今陕西兴平），被迫缢杀杨贵妃于佛堂。

卜算子·离宫赞

漫步晚照亭①，北览华清宫②。
殿堂楼阁林荫道，无处不胜景。

温泉池中水，清澈明如镜。
帝王贵妃沐浴地，四海扬美名。

［注释］

①晚照亭：位于九龙池南岸，站在亭上北眺，华清池全景尽收眼底。

②华清宫：位于临潼县南骊山西北麓，距西安市30千米。是周、秦、汉、唐等历朝的离宫。天宝六载（747），唐玄宗又在此大兴土木，依山势兴建行宫，并改名为“华清宫”，是唐玄宗与杨贵妃沐浴享乐之地。华清池的原有建筑在安史之乱后已遭毁坏，现在我们看到的亭台楼阁，名池名泉，均为中华人民共和国成立后修建恢复，再现了昔日的辉煌。

沁园春·延安行

走进延安，心潮起伏，触景生情。
望巍巍宝塔[①]，屹立巅峰；宛如火炬，世代传承。
七十年前，民族危亡，唯有圣地山河红。
延河畔，踏上革命路，南下东征。

瞻仰枣园[②]窑洞，物依旧，往事似泉涌。
忆峥嵘岁月，军民一家；同仇敌忾，众志成城。
主席韬略，成竹在胸，唤起百万子弟兵。
八年后[③]，共和国诞生，四海欢腾。

［注释］

①宝塔：位于延安市东南嘉岭山的顶部，高 44 米，建于明万历三十六年（1608）。1937 年，中共中央进驻延安后，宝塔便成为革命圣地的象征。

②枣园：位于延安市西北约 7 千米处。1940—1942 年、1944—1947 年，这里曾是中共中央书记处的所在地，有毛泽东、朱德、刘少奇、周恩来、彭德怀、任弼时等居住过的窑洞。毛泽东在这里写下了《为人民服务》《论联合政府》等重要著作。

③八年后：指从 1942—1949 年的 8 年，在这 8 年间，中国人民在中国共产党的领导下，经过艰苦卓绝的斗争，终于取得了抗日战争和解放战争的伟大胜利，建立了中华人民共和国。从此，中国人民站起来了，经过几代人的努力，一个繁荣富强的东方大国，屹立在世人面前。回顾这段历史，前辈感到欣慰，后人感到自豪。

水调歌头 · 华山颂

扶索走栈道，攀崖登华山[①]。
一览重峦叠翠，群峰耸云端。
绝壁凿岩为梯，狭缝垒石筑垣，道观半空悬。
东峰观日出[②]，西峰瞰秦川[③]。

登极顶[④]，访道长，品清泉[⑤]。
道教圣地[⑥]，人间香火数千年。
文人吟诗作赋，墨客挥毫隶篆，刻石天地间[⑦]。
五岳皆胜景，唯有太华险。

［注释］

①华山：位于西安市东约 120 千米处华阴县境内，海拔 2160 米，为我国五岳之一。

②东峰观日出：华山东峰，海拔 2090 米，因峰顶有一巨石，名朝阳台，故又称朝阳峰，是晨观日出的最佳之地。

③西峰瞰秦川：华山西峰又称莲花峰，海拔 2082 米，登上巅峰，可俯瞰秦川大地，渭河、洛水蜿蜒奔流，八百里秦川，尽收眼底。

④登极顶：指华山南峰，又称落雁峰，海拔 2160 米，为

华山最高峰。

⑤品清泉：南峰顶有老君洞，洞内有一泉，名太上泉，亦称仰天池，此泉清澈碧绿，冬夏不涸，传说老子曾在此隐居。

⑥道教圣地：华山是我国道教圣地，有道教“第四洞天”之称。

⑦刻石天地间：华山景区内有自隋唐以来李白、杜甫等名人留下的诗歌、游记1200余篇，摩崖石刻千余处，令游人目不暇接。

甘肃省·陇游随记

甘肃省，简称甘或陇，省会兰州市。自汉武帝开辟“丝绸之路”以来，甘肃大地便成为通向亚欧的桥梁，商旅离开长安，经天水、兰州进入河西走廊，越过武威、张掖、酒泉，到达敦煌，在此分成两路，奔向新疆，由此可到欧洲罗马，西南可达中东伊朗。

商旅沿途，不惧严寒酷暑，只怕强盗掠抢，为此他们不惜施舍重金，建寺庙、塑佛像，祈神佛保佑，平安经商来往。陇游沿途可见，寺庙宏伟，崖窟如窗，大小佛像千万尊，壁画、碑刻满走廊，中西文化交流，内容丰富多彩，业绩灿烂辉煌。

长江后浪赶前浪，一代更比一代强，迈进新时代，习主席领航“一带一路”黄金道，越走越宽广，和平共处谋发展，人民富裕国力强，科学技术现代化，陆海空运已成网，沿途各地建货站，堆积如山集装箱，朝发夕至高速度，川流不息昼夜忙，社会大发展，经济高增长，“一带一路”结硕果，谱写时代新篇章。

沁园春·甘肃行

甘陇大地，群山巍巍，戈壁茫茫。

五千年文明，始祖故里[1]；丝绸古道，历代沙场。

文物古迹，琳琅满目，河西走廊最辉煌。

莫高窟[2]，瑰宝扬天下，令人神往。

东方艺术殿堂，大佛寺[3]，千年香火旺。

览“三关”雄姿[4]，今非汉唐；西出阳关，如归故乡。

亚欧大桥[5]，车流滚滚，中西交流更繁忙。

新世纪，西部大开发，又谱新章。

［注释］

①始祖故里：据传说，大约在5000年前左右，伏羲和女娲均出生于天水，因此，这里又被称为“羲皇故里”“龙的故乡”。自汉、唐起，河西走廊一直是丝绸之路的重要通道。甘肃大地有着丰厚的历史文化底蕴，是华夏文明的重要组成部分。

②莫高窟：又称千佛洞，位于敦煌市东南25千米处。

③大佛寺：位于张掖市内西南隅，建于1098年，是甘肃省内最大的西夏建筑遗迹。寺内建有大佛殿、藏经阁、土塔等。

大佛殿高 33 米，面阔 9 间，殿内有释迦牟尼侧身卧像，全身长 34.5 米，肩宽 7.5 米，耳朵长 2 米多，木胎泥塑，金装彩绘。卧佛身后有十大弟子，两侧有十八罗汉。寺内金炉香火，终年不断。

④览“三关”雄姿：三关指阳关、玉门关、嘉峪关，都是古丝绸之路通往西域的重要关隘，因古代诗人的描述而名扬天下。

⑤亚欧大桥：东起江苏连云港市，经陇海—兰新铁路直达新疆的阿拉山口口岸，这条横穿中国中部连接亚欧的经济大动脉，称为亚欧大陆桥。

水调歌头·兰州行

登上白塔山①，俯瞰兰州城。
黄河横贯西东，大桥起彩虹②。
十里花荫亭榭，雕塑喷泉草坪，水系母子情③。
展时代风采，扬华夏文明。

丝绸路，驼铃响，客商行。
自古商埠重镇，今朝更繁荣。
西眺高峡平湖④，东览九曲黄龙，高原旭日升。
文化发祥地，古城正年轻。

［注释］

①登上白塔山：白塔山位于兰州市黄河北岸，因山头有一座白塔寺而得名。白塔山山势巍峨起伏，蟠踞城郊，有拱抱全城之势，登山顶，兰州市容尽收眼底。

②大桥起彩虹：大桥指黄河铁桥，位于兰州城北的白塔山下，城关前，有“天下黄河第一桥”之称，是兰州市标志性建筑之一。该桥始建于明洪武年间（1368—1398），原名镇远桥。1907年，清政府改浮桥为铁桥，全长233.33米。1942年，改名为中山桥。

③水系母子情：位于兰州市区黄河南岸的滨河公园，集

绿化、雕塑为一体，园内亭台楼阁风光迷人。雕塑中的代表作是“黄河母亲”，寓意深刻，表现出黄河与华夏子孙的母子情意。

④西眺高峡平湖：位于兰州市西南约 80 千米处的刘家峡水库，被誉为“高原明珠”。拦河大坝高 147 米，长 840 米，水域面积达 130 多平方千米，景色壮观。大坝下是发电站厂房，总装机容量为 122.5 万千瓦。

满江红·敦煌行

鸣沙山[①]下，莫高窟[②]、艺术殿堂。
千佛洞，彩塑壁画，绚丽辉煌。
沉睡千年藏经洞[③]，终有时日见阳光。
经万卷，珍品惊四海，世无双。

谁曾想，贼如狼；失过半，痛断肠。
恨道士无知，洋人猖狂。
无价瑰宝流海外，但愿早日回故乡。
问天下，佛窟孰为最，数敦煌。

［注释］

①鸣沙山：位于敦煌市南约 60 千米处，东西长约 40 千米，南北宽约 20 千米，海拔 1715 米。因人在峰顶下滑时，沙丘会发出嗡嗡的响声，故称鸣沙山。

②莫高窟：位于敦煌市东南约 25 千米处的鸣沙山下，始建于前秦建元二年（366）。历经十多个朝代的开凿，现存洞窟 492 个，洞内有彩塑 2415 尊，壁画 4.5 万余平方米，是佛教文化的艺术宝库。1991 年被联合国列入《世界遗产名录》。

③藏经洞：指莫高窟的第 17 窟，窟内封存了数万件经卷、

绘画、文书等珍贵文物。1900年6月22日，被道士王圆箓发现，消息迅速传遍国内外。1900年至1942年间，先后有英、法、俄、美、日等国的所谓探险队，以不正当的手段，从王道士手中骗取了大量文物，造成了巨大损失，令国人痛心。

卜算子·甘陇颂

朝辞天水市①，日落抵酒泉②。
日行千里阳关道，今昔两重天。

城市现代化，山乡花果园。
古迹遍布丝绸路，游人恋陇甘。

［注释］

①天水市：位于甘肃省东南部，是古丝绸之路的第一大站，有“羲皇故里”之称，是华夏文明的发祥地之一。这里有中国四大石窟之一的麦积山石窟，享有“东方最大雕塑馆”之誉。

②酒泉：位于甘肃省河西走廊的西段，是我国历史文化名城，距今已有2100多年的历史，是古丝绸之路通向中亚、西亚和欧洲的交通枢纽。

木兰花·山泉颂

敦煌城外鸣沙山[①]，蜿蜒起伏似龙蟠。
狂风吹来如擂鼓，静卧沙滩听丝弦。

俯瞰山下一名泉[②]，宛如新月照陇甘。
流淌千年永不涸，波光涟漪映青天。

［注释］

①鸣沙山：位于敦煌市城南 5 千米处，东西长约 40 千米，南北宽约 20 千米，最高处海拔 1715 米。与宁夏中卫的沙坡头、内蒙古达拉特旗的响沙湾齐名，为我国三大鸣沙山之一。

②名泉：即月牙泉。位于鸣沙山北麓，古称沙井，因泉状如月，故名。南北长约 150 米，东西宽约 50 米，最深处约 5 米。泉水清澈见底，2000 多年来，泉水从未枯竭。端阳节登山观泉，是当地的传统习俗，至今仍在盛行。

卜算子·雄关颂

登上嘉峪关[1]，远眺戈壁滩。
遥想汉将追穷寇[2]，匈奴心胆寒。

打通丝绸路，华夏连海湾。
夜半月下驼铃响，悠悠过雄关。

［注释］

①嘉峪关：始建于明朝洪武五年（1372），是万里长城的西端终点，自古就有“天下雄关”之称，是古代丝绸之路的必经之地。

②遥想汉将追穷寇：西汉大将卫青、霍去病，曾先后7次击退匈奴进犯，控制河套地区。前119年，卫、霍两将军曾率大军，出塞千里，歼灭匈奴主力，从此，“匈奴远遁，而漠南无王庭”。

青海省·青游随记

青海省，简称青，省会西宁市。白天游览参观，晚上梳理观感，提笔七律二首，留作青游纪念。

七律

青海赞

春末夏初游青海，绿水青山候鸟来。
青海湖畔美如画，油菜黄花遍地开。
草原牛羊肥又壮，牧民丰收笑开怀。
有幸参加“花儿会”，同唱美好新时代。

七律

昆仑赞

世界屋脊昆仑山，撑起青藏半边天。
东西横贯数千里，峡谷遍布大冰川。
群峰积雪似银海，山涧沟壑流清泉。
黄河长江发源地，保护环境当优先。

永遇乐·青海行

高原风光，蓝天碧野，辽阔牧场。
青海湖[1]畔，牛羊成群，遍地菜花黄[2]。
江河源头，冰川雪峰，一片素裹银装。
五泉涌[3]，黄河出山，贯八省泻东洋[4]。

冰雪消融，沱沱河[5]涨，汇流万里长江。
世代耕耘，开创文明，五千年辉煌。
跳康巴舞[6]，唱花儿歌[7]，民族和谐兴旺。
新世纪，西部崛起，共奔小康。

［注释］

①青海湖：位于西宁市西约 180 千米处，湖水面积 4583 平方千米，是青海省著名的旅游胜地。

②遍地菜花黄：盛夏季节，在青海湖畔，油菜花开满山遍野，在蓝天碧海的映衬下，绚丽多姿。

③五泉涌：黄河正源卡日曲，发源于青海省巴颜喀拉山脉北麓，海拔 4830 米，这里有 5 处泉水从山谷中涌出。

④贯八省泻东洋：黄河流域经八省区，即青、甘、宁、内蒙古、陕、晋、豫、鲁，最后注入渤海。

⑤沱沱河：全长 375 千米，为长江正源。发源于青海省唐古拉山北部的各拉丹冬雪山群，山上覆盖着面积达数百平方千米的现代冰川，这些冰川由东向西静卧在 130 多个山谷中，冰川消融化为一股股溪流，汇成了沱沱河，这就是长江的源头。

⑥康巴舞：康巴人的歌舞在青海民间的歌舞中，独树一帜，具有很高的艺术观赏价值。有的旋律欢快流畅，舞姿抒情优美，有的粗犷飘逸，情绪奔放，融技巧于艺术之中，使人赏心悦目。

⑦花儿歌：花儿是河湟地区最有影响的一种民歌，内容以表现男女爱情为主。曲调丰富，格律严整，语言活泼，具有很强的艺术表现力。每年农历六月初六，大通老爷山的花儿会，远近闻名。

水调歌头·青海湖

越过倒淌河[①]，登上日月山[②]。
极目眺望东西，宛如两重天。
岭东田园秀色，岭西大漠草原，游牧年复年。
湖阔七万顷[③]，千里波浪翻。

碧空下，帆点点，海蓝蓝。
岸边黄花似锦[④]，百鸟飞云间[⑤]。
昔日唐蕃故道[⑥]，如今天路畅通，青藏变乐园。
西部大开发，高原更壮观。

［注释］

①倒淌河：位于日月山15千米处，传说当年文成公主远嫁吐蕃，途中路过这里时，感动了河神，河神使河水倒流，从此河水自东向西流入了青海湖。

②日月山：古称赤岭。在东、西山上建有日、月亭，是青海省农区和牧区的天然分界线，故有谚语道："一过日月山，又是一重天。"

③湖阔七万顷：青海湖是我国最大的内陆咸水湖，海拔3200米，面积约4583平方千米，约68745顷，故有七万顷之

说。

④岸边黄花似锦：在青海湖畔，每当盛夏季节，油菜花开遍野，在蓝天碧海的衬映下，绚丽多姿。

⑤百鸟飞云间：在青海湖西侧的半岛上，有一处 0.5 平方千米的鸟岛，春夏季节，这里栖息着 10 万多只候鸟，自由飞翔在蓝天白云之中。

⑥唐蕃故道：自文成公主和亲后，日月山成为唐蕃交往的主要通道，即著名的“唐蕃故道”。1984 年青藏公路改建通车时，为纪念唐蕃故道，修建了日、月亭，现为青海省重要的旅游景观之一。

卜算子·通天路

一条通天路，穿越大西南。
青藏高原开新宇，迎来大发展。

圆千年梦想，创天下奇观。
沿途风光多壮美，百姓笑开颜。

［注释］

举世瞩目的青藏铁路，全长1956千米，起自青海省西宁市，终达西藏自治区首府拉萨市，于2007年7月1日全线建成通车。因它是世界上跨越海拔最高的高原铁路，故被人们誉为“天路”。为西部经济、社会的发展，插上了腾飞的翅膀。建设者们创造了无数奇迹，让后人永世难忘。

七律

文成公主[1]赞

公主洒泪别长安，千里迢迢奔吐蕃[2]。
越过西宁翻赤岭[3]，满目荒凉无人烟。
置镜东西照日月[4]，为国分忧不畏难。
汉藏联姻安天下，千古美名万代传。

［注释］

①文成公主：唐太宗养女（？—680）。贞观十五年（641）与吐蕃赞普（国王）松赞干布联姻，为吐蕃经济、文化的发展和汉藏民族的团结作出了积极的贡献。

②吐蕃：是7—9世纪，我国藏族在青藏高原所建立的政权。

③赤岭：位于西宁市西约120千米的青海湖南部，海拔3489米，因土呈红色，古称赤岭，后改称日月山。

④置镜东西照日月：传说文成公主和亲西进，行至赤岭时，见山高风急，便泣啼行止，护送大臣便以皇帝的名义赐一对日月宝镜给公主，公主为表示和亲矢志不移，便将日、月宝镜分别置于赤岭的东西山包之上，然后毅然起程。从此，赤岭便更名为日月山。

卜算子·宝库峡

走进宝库峡，山水美如画。
峻峰悬崖清泉流，满山开野花。

草地牧牛羊，林中养鹿马。
珍禽异兽同戏耍，和谐如一家。

［注释］

宝库峡，位于西宁市西北约70千米的大通县西北部，是青海省重要的水源涵养林自然保护区，因有砂岩峰峡谷地貌，故有“地质博物馆”之誉。景区内山峰林立，草木丛生，并有白唇鹿、雪豹等珍稀动物栖息其间，宝库峡为青海著名的旅游胜地。

永遇乐 · 孟达赞

黄河之滨，峰峦起伏，古木参天。
孟达林场①，苍松翠柏，绿满西倾山。
悬崖飞瀑，峭壁涌泉，小溪流水潺潺。
望峡谷、云雾缭绕，宛如仙境一般。

满山遍野，花枝招展，紫丁香红杜鹃。
岩羊麋鹿，争相觅食，奔跑草丛间。
天池②似镜，清澈甘甜，密林倒影湖边。
秋风起、黄叶铺地，满目斑斓。

［注释］

①孟达林场：位于西宁市南约 170 千米处、循化县城东的黄河南岸，林区面积约 1 万公顷。最高处海拔 4123 米，因受东西两侧季风的影响，多雨，气候湿润，因此，十分适宜植物生长，被誉为“高原上的西双版纳”。

②天池：位于林区腹部，湖面海拔 2504 米，平水期水面面积约 1.75 平方千米，7—8 月份雨季时，集水面积可达 20 平方千米，水深达 26 米左右，岸边还有瀑布、山泉等多处景点，是青海省著名的疗养旅游胜地。

宁夏回族自治区·宁游随记

宁夏回族自治区，简称宁，首府银川市。银川900多年前，曾是西夏之都，历史悠久，文化灿烂，西夏王朝传九代，兴亡一百九十年，鼎盛时期，雄踞北疆，与宋、辽鼎立，虎视中原，历史无情，终被成吉思汗所灭，亡于1227年，留下王陵8座，尸骨长眠贺兰山前，人称“东方金字塔”，中外游客，流连忘返。

黄河出山，九十九道弯，穿越宁夏，留下万顷良田，河畔沃野千里，流域辽阔平原，境内水网密布，旱涝不靠老天，庄稼根深叶茂，籽熟颗粒饱满，年年五谷丰收，百姓不愁吃穿，蔬菜大棚栽培，瓜果新鲜香甜，牛羊成群圈养，放牧河边草滩，春秋百花盛开，人称“塞上江南”。引用先进技术，百业迅猛发展，全区实现小康，胜利就在明天。

沁园春 · 宁夏行

塞上风光，山河壮丽，大漠蓝天。
望黄河两岸，沃土千里；贺兰山下，万顷良田①。
“东方麦加”，回族之乡②，清真寺院遍宁川。
曾记否？宋辽夏鼎立③，战火连绵。

夏都化为硝烟④。传十代，九帝葬西山⑤。
须弥山石窟⑥，名扬四海；贺兰岩画⑦，辉煌灿烂。
佛塔高耸⑧，长城蜿蜒⑨，驼队悠悠奔阳关。
待明年，黄河文化节⑩，再来银川。

［注释］

①万顷良田：宁夏地处黄河中游冲积平原，有“天下黄河，唯富宁夏”之说，正如“花儿”歌词中唱道：“东靠黄河，西依贺兰山，金川银川不如咱这米粮川。”

②回族之乡：宁夏是回族聚居地区，回族人口占全区总人口的三分之一以上，区内建有3000多座清真寺，人称“东方麦加”。

③宋辽夏鼎立：由党项族李元昊于1038年创立的西夏王国，历经190年，于1227年为蒙古所灭。最盛时期曾辖23州，

包括今宁夏、陕北、甘肃西北部、清海东北部及内蒙部分地区，与宋、辽形成鼎立对峙的政权。

④夏都化为硝烟：西夏王国建国后，定都兴庆（今银川市）。“风雨西夏，党项悲歌”。成吉思汗曾 6 次征战未果，最后被蒙古所灭，西夏自开城门，献城投降，都城随后化为一片废墟。

⑤传十代，九帝葬西山：西夏建国后，历经 190 年，立十代皇帝，有 9 位帝王死后葬于银川市西郊贺兰山东麓的西夏王陵。

⑥须弥山石窟：位于宁夏固原市城西北 57 千米处的须弥山东麓，共有 130 余窟，分布在方圆 3 千米的山谷中，开凿于北魏至隋、唐期间，是我国十大石窟之一。

⑦贺兰岩画：请阅《水调歌头·贺兰山》注释②。

⑧佛塔高耸：宁夏有佛塔多处，其中较为著名的有 3 处：一是位于银川市西南的承天寺塔；二是位于银川市北郊的海宝塔，与承天寺塔遥遥相望；三是位于贺兰山麓的拜寺口双塔。它们都是西夏王国的佛教圣地。

⑨长城蜿蜒：在宁夏固原及银川市境内，有数百千米秦代及明代长城遗址，蜿蜒起伏，蔚为壮观。

⑩黄河文化节：即中国国际黄河文化节。自 1991 年起，每年 9 月中旬在银川市举办，为期 10 天左右。节日期间举办各种文化活动，大批中外游客前来参观游览，盛况空前。

水调歌头·贺兰山[1]

登上疙瘩峰，东西两重天。
西望戈壁千里，东览大平原。
脚下沟壑纵横，长空雄鹰盘旋，峡谷流清泉。
峭壁多岩画[2]，风雨数千年。

昭后世，甘和苦，悲与欢。
茫茫苍松如海，处处有奇观。
西夏王朝覆灭，留下寝陵[3]一片，长眠贺兰山。
黄河北流去，天下富银川[4]。

［注释］

①贺兰山：位于银川市西北部，主峰敖包疙瘩，海拔3356米，西部是内蒙古自治区的腾格里沙漠，东面是银川平原。贺兰山南北绵延200多千米，为银川平原的天然屏障。山岭间有40多条沟壑，山势十分险峻。

②岩画：在贺兰山东麓的十多个山口内，发现有数以千计的古代岩画，它们大都分布在沟谷两侧的峭壁上。内容有人头像、射猎、战争、舞蹈等，题材广泛，风格粗犷，堪称中国古代文明的一大奇迹。

③寝陵（西夏王陵）：位于银川市西郊的贺兰山下，陵区占地面积达50平方千米，内有9座帝王陵和70余座陪葬墓，被誉为“中国的金字塔”，是全国重点文物保护单位。

④天下富银川：黄河纵贯宁夏南北，区内渠网密布，物产富饶，素有“塞上江南”和“天下黄河富宁夏”之美誉。

水调歌头·黄河游

乘坐羊皮筏[①]，朝辞沙坡头[②]。
脚下波涛滚滚，“浑脱”顺水流。
两岸风景如画，河湾水车[③]悠悠，草滩牧羊牛。
风吹五谷香，农家忙秋收。

午饭后，换游轮，立船头。
仰望峭壁，遥拜佛塔[④]消百愁。
夜宿银川宾馆，会见亲朋好友，笑声满酒楼。
次日去机场，午时回杭州。

［注释］

①羊皮筏：羊皮筏是黄河上一种古老的水运工具，由山羊皮为囊“浑脱”而成，故又称浑脱。

②沙坡头：请阅《沙坡头一日游》注释。

③水车：古老的水车是黄河文化的象征，用它提引黄河水灌溉农田，有着悠久的历史，最早在西夏以前，就从南方传入宁夏。现在中卫黄河两岸尚存20余架，建于清乾隆年间，是黄河上一道独特的风景线。

④佛塔：即一百零八塔。位于银川市南约60千米青铜峡水库的崖壁上。据明代李贤《一统志》中记载，这一塔群是佛教的纪念塔，整体呈三角形，自上而下共108座。

木兰花·西夏之歌

西夏都城[1]建银川，雄踞一方二百年[2]。
传承十代帝王位，千里疆土万重山[3]。

宋辽鼎立和与战，党项悲歌一夜间。
高塔王陵依旧在，诉说昔日悲与欢。

［注释］

①西夏都城：1038 年，党项族首领李元昊建立西夏王朝时，定都安庆府，即现在的银川市。

②雄踞一方二百年：西夏王朝从 1038 年建国，到 1227 年被成吉思汗灭亡，历时共 190 年，历十代皇帝。

③千里疆土万重山：西夏王国在其鼎盛时期，其疆域“东临黄河，西界玉门，北控大漠，地方万余里”，与宋、辽鼎足而立。

七律

沙坡头一日游

日出踏上沙坡头①，脚下大漠变绿洲②。
列车呼啸身边过，黄河滚滚向东流。
滑沙耳旁如擂鼓③，乘筏冲浪任我游④。
夜半远方驼铃响，塞外篝火歌未休。

［注释］

①沙坡头：位于宁夏中卫市西 20 千米处的黄河北岸，腾格里沙漠由北向南，在此形成了一个宽约 2000 米，高约 200 米，倾斜 60 度的大斜坡，故称沙坡头。

②大漠变绿洲：包兰铁路和包兰公路从沙坡头顶经过，这里是我国治沙成果区，铁路南侧是沙漠公园，公路两边一片绿洲。

③滑沙耳旁如擂鼓：滑沙是游沙坡头的一个特色项目，沙坡鸣钟是中卫八景之一，尤其在盛夏季节，从坡顶下滑，初如古刹钟声，随似战鼓轰鸣，最后像千军万马，让人惊心动魄。

④乘筏冲浪任我游：皮筏是宁夏水上重要的运输工具。乘羊皮筏子在黄河中漂流是一种美的享受。从沙坡头出发，直至青铜峡市的大坝库区，全程约 200 千米，犹如置身于塞外画廊之中，两岸风光令人心旷神怡。

卜算子·沙湖赞

大漠金光灿，沙湖泛绿波。
百鸟栖息湖心岛，水上舞天鹅。

春暖雁归来，夏荷花万朵。
塞外秋风催叶红，芦花白如雪。

［注释］

沙湖位于银川市北约56千米处平罗县境内。湖泊面积660多公顷，湖的南岸有300多公顷的沙海。沙湖中有一个1万多平方米的湖心岛，岛上栖息着数以万计的候鸟，有黑鹤、白鹤、天鹅等珍稀鸟类，每到春暖花开之时，这里便是鸟类的天堂。另外，在湖水中，还有1.2平方千米的芦苇，千余亩荷花池。盛夏荷花满池，秋来芦花盛开，花絮飞扬。塞上明珠，谁不向往？

新疆维吾尔自治区·新游随记

金秋季节，我随旅行团去新疆旅游，历时 7 天，参观了十多个景点，处处感到新奇，深夜 3 点钟以前，多半是在旅行车上度过，借此，我思理腹稿，随笔填词两首，以作留念。

沁园春·我爱新疆

我爱新疆，奇特景观，触目难忘。
地下坎儿井，千年流淌；游火焰山，拜见猴王。
辽阔草原，伊犁风光，原生态天然牧场。
蓝天下，油菜花盛开，遍地金黄。

重访兵团农场，昔日大漠今变粮仓。
棉花堆成山，瓜果梨枣，驰名中外，畅销城乡。
富饶新疆，无数宝藏，团结奋斗奔小康。
新时代，踏上新征途，再创辉煌。

卜算子·贺葡萄节

适逢葡萄节，畅游吐鲁番。
迈步大街串小巷，葡萄架遮天。
会聚五洲客，歌舞大联欢。
举杯共饮葡萄酒，来年再相见。

沁园春·新疆行

走遍新疆，天高地阔，无限风光。
望天山南北①，戈壁千里；伊犁河畔②，广袤牧场。
牛羊成群，驼队铃响，金秋时瓜果飘香。
葡萄节③，吐鲁番盛会，四海向往。

雄鹰蓝天翱翔，瑶池④为镜王母梳妆。
古丝绸之路⑤，人文荟萃；雄关漫道，几度辉煌。
巍巍昆仑，万丈冰雪，喀什⑥汇通东西方。
古尔邦⑦，节日同歌舞，欢乐海洋。

［注释］

①望天山南北：天山横亘于新疆中部，把新疆分为南、北两部分，故有南、北疆之称。北疆有准噶尔盆地，南疆有塔里木盆地。

②伊犁河畔：伊犁河又称伊水、伊丽水。位于伊宁市郊16千米处，是新疆流量最大的内流河，全长1500多千米，自东向西，在霍尔果斯河口流入哈萨克斯坦境内，最终流入巴尔喀什湖。

③葡萄节：吐鲁番盛产葡萄，优良品种有无核白葡萄、

黑葡萄、玫瑰香等 500 余种，堪称“世界葡萄植物园”。每年 8 月 26 日至 30 日，吐鲁番都会举办葡萄节，节日期间有丰富多彩的文化活动，迎接八方来客，盛况空前。

④瑶池：天池，古称瑶池。位于乌鲁木齐市东北约 115 千米、阜康市境内天山博格达峰山腰，海拔 1980 米，湖面面积约 5 平方千米，平均深度 30 米，最深处约 150 米。传说它是王母娘娘梳妆台上的一面镜子，又传说它是王母娘娘入浴之池。

⑤古丝绸之路：丝绸之路是一条历史上的国际通道，它东起长安（今西安）、西至地中海东岸，其中一半是在新疆境内。

⑥喀什：全称“喀什噶尔”。历来是南疆重镇，是古丝绸之路南北两道的会合点，是中西文化的荟萃之地，中原文化与印度文化、波斯文化在这里交融，具有独特而神秘的魅力。

⑦古尔邦：古尔邦节是新疆信仰伊斯兰教少数民族的传统节日。每逢伊斯兰教历十二月十日这天，穆斯林们集中在清真寺做礼拜，并以歌舞举行叼羊、赛马、“姑娘追”等娱乐活动庆祝节日。

水调歌头·喀什行

穿越塔里木，奔向喀什城①。
恰逢古尔邦节，广场已沸腾。
歌舞通宵达旦，充满西域风采，豪迈又激情。
万人做礼拜，寺院②静无声。

祈天下，同发展，永安宁。
走进巴扎③，十里商铺人潮涌。
丝绸古道重镇，中西文化交汇，今朝更繁荣。
遥望帕米尔④，冰川落苍穹。

［注释］

①喀什城：喀什市位于新疆西南部，帕米尔高原北麓，塔里木盆地西缘，是有2100多年历史的文化名城，是中国古代通往印度、中亚以至欧洲的必经之路，是丝绸之路上的重镇。

②寺院：寺院是指艾提尕尔清真寺。位于喀什市中心的解放路，是新疆最大的礼拜寺，也是全疆伊斯兰教的活动中心。面积1.6万平方米，是一座具有代表性的伊斯兰教古建筑。

③走进巴扎：喀什大巴扎位于喀什市区东北吐曼河东岸，

占地面积 130 亩，是新疆最大的集贸市场，有 5000 多个摊位，商品琳琅满目。

④遥望帕米尔：帕米尔冰峰位于喀什市南约 150 千米的塔什库尔干县和阿克陶县境内。这里群山竦峙，山峰海拔 5000 米以上，终年积雪。海拔 7546 米的慕士塔格山(意为“冰山之父”)，山顶冰层厚达 100—200 米，主峰冰川有 10 多条。位于乔戈里峰北坡的鲁萨盖提冰川，长达 30 多千米，冰舌长 4200 余米，是我国最大的冰川。远眺冰川，蔚为壮观。

沁园春·伊犁行

伊犁风光，绚丽多姿，令人向往。
伊犁河①两岸，山川秀美；辽阔草原②，遍地牛羊。
白色毡房，星星点点，宛如珍珠撒牧场。
放眼望、油菜花盛开，一片金黄。

河水清澈见底，静静流淌奔向远方。
览高山湖泊③，层层波浪；雪山倒影，白云霞光。
金秋季节，瓜果飘香，棉垛如山谷满仓。
庆丰收，各族齐歌舞，欢乐海洋。

［注释］

①伊犁河：发源于新疆天山西段汗腾格里峰北侧，在中国境内长约400多千米，流域面积约57万平方千米，最终注入哈萨克斯坦的巴尔喀什湖。

②辽阔草原：伊犁处处是草原，其中最具魅力的有4个，即：那拉提草原、巩乃斯草原、昭苏草原和唐布拉草原，其中那拉提草原最具诱惑力。

③高山湖泊：伊犁哈萨克自治州有两个高原湖泊，一是赛里木湖，二是喀纳斯湖。赛里木湖高悬于天山的盆地之中，

是新疆面积最大的高山湖泊，像一颗璀璨的蓝宝石，镶嵌在起伏的雪山中，令人遐想万千。喀纳斯湖位于伊犁阿尔泰深山密林之中，是一处仿佛具有瑞士风光的湖泊。四周森林密布，群峰倒影，每当秋季来临，层林尽染，景色如画，令人心旷神怡。

满江红·罗布泊[1]

死亡之海，罗布泊，天下奇观。
放眼望，戈壁千里，大漠无边。
枯树朽木[2]迎风抖，满目荒凉无人烟。
探原委，彭公[3]只身走，去无还。

狂风起，沙满天。行无路，水断源。
忆丝绸古道，碧波清泉。
商贾云集驼铃响，中西交流汇楼兰[4]。
翘首盼，何时复如初，问苍天。

［注释］

①罗布泊：位于新疆塔里木盆地东部若羌县境内，面积约3000平方千米。原是新疆最大的湖泊，也是全国最大的内陆咸水湖。后来，由于注入罗布泊的塔里木河、孔雀河下游断流，湖区终于在1972年干涸，变成了白茫茫的盐壳地，植物枯死，风沙肆虐，变成了中国的“百慕大”，让人望而生畏。

②枯树朽木：生长在罗布泊的一种植物叫胡杨，据传说，这种植物活着不死一千年，死了不倒一千年，倒了不朽一千年，被誉为三千岁。

③彭公：指中科院新疆分院副院长、著名地质学家彭加木。1980 年 6 月 17 日，彭加木在罗布泊考察时，因独自外出寻找水源，一去未归，献出了宝贵的生命。另外，在此探险中牺牲的还有余纯顺。

④楼兰：位于罗布泊西岸，是古代西域三十六国之一楼兰国的都城，是丝绸之路上的重镇。历史上曾一度繁华，商贾云集，民宅、酒肆遍布，寺庙宏伟，一派西域边塞风光。后来，因罗布泊湖干枯，楼兰王国和楼兰古镇也随之消失。

七律

天鹅湖

冰雪消融暖风吹，冬去春来候鸟回。
巴州湖波连云海，天鹅水上舞芭蕾。
草原牛羊遍绿野，远眺雪峰映朝晖。
都说江南风光好，可知新疆更壮美。

[注释]

天鹅湖位于新疆巴音郭楞蒙古自治州自然保护区境内，保护区面积达1万多平方千米，其中，天鹅湖面积约300平方千米。湖区周围，雪岭环抱，河流纵横，水草丰美，环境清静幽雅。每到春天，大批天鹅从印度、非洲成群结队飞越而来，在此栖息繁衍。这里除了大小天鹅、疣鼻天鹅外，还有灰雁、白头鹞、燕鸥、秃鹫等十余种珍稀鸟类，可谓鸟类的天堂，景观十分迷人。

水调歌头 · 吐鲁番行

适逢中秋节，畅游吐鲁番①。
看罢高昌故城②，前往火焰山③。
顿感热浪滚滚，犹如烈火扑面，汗珠似涌泉。
走进葡萄沟④，隔峡两重天。

树荫凉，溪水流，花果园。
藤架挂满葡萄，西瓜大又甜。
各族喜庆丰收，应邀参加联欢，兄弟心相连。
手鼓伴歌舞，兴奋夜无眠。

［注释］

①吐鲁番：位于乌鲁木齐市东南约 200 千米处。吐鲁番盆地最低处的艾丁湖，比海平面低 154 米，是仅次于约旦死海的世界第二低地。是汉、唐丝绸之路的交通要道。

②高昌故城：是高昌王国（442—640）都城的遗址。现存面积约 200 万平方米，是古代丝绸之路的商业大都会，现遗址仍保留着高大的残垣断壁。

③火焰山：位于吐鲁番盆地北部，东西长达 100 多千米，南北宽约 9 千米，由红砂岩构成，1965 年 7 月，最高气温

48.9℃，地面沙堆温度82.3℃，是中国气温的最高记录。

④葡萄沟：位于火焰山西段的一个峡谷中，峡谷长约10千米，宽约0.6—2千米，葡萄种植面积达2.2平方千米。在沟谷西侧是悬崖陡峭，似天然屏障，尽管火焰山下炽风扑面，葡萄沟内却凉爽宜人。

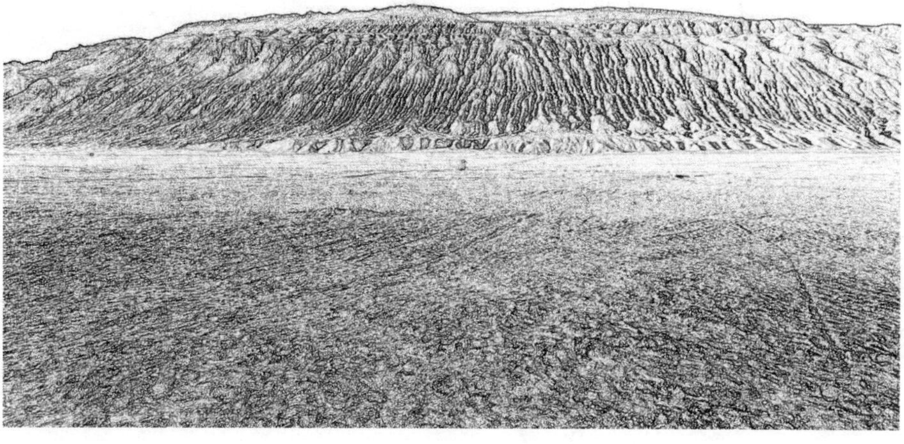

台湾省·台游随记

渡过海峡游台湾，首站台北，参观台北“故宫博物馆”，文物国宝数十万件，十天半月看不完。夜步“园环”觅小吃，北投公园泡温泉。下站游览日月潭，写诗一首做纪念：

七律

咏潭

游览台中第一天，下车即到日月潭。
站在湖畔放眼望，碧波荡漾水连天。
翠峰倒影美如画，绿荫树下花枝展。
世人皆知西湖美，今日方识日月潭。

次日乘坐小火车，到达阿里山，主峰海拔2600米，山上山下两重天，山下温暖如春，山上晨似秋寒。远远望见“神木”树，树龄超过三千年，站在巅峰看日出，犹如人在天外天。

台湾，像镶嵌在海上的一颗明珠，光华璀璨，东西方列强，早已垂涎三尺，妄图武力霸占，腐败无能的清政府，卖国求荣，台湾人民屡遭苦难，先是西班牙、荷兰入侵，沦落长达30余年，民族英雄郑成功，驱逐西方殖民者，收回台湾。永难忘，中日甲午之战，清政府惨败，签订《马关条约》，割地又赔款，日寇霸占台湾，长达50年。十四年抗战，日寇投降，1945年台湾终于回到母亲的身边。中华人民共和国成立，造福海峡两岸，期盼早日和平统一，共建美好家园。

沁园春·台湾行

海上明珠，国之瑰宝，光华璀璨。
五千年文明，根植两岸；炎黄血脉，世代相传。
百年风云，列强垂涎，日寇侵占五十年[1]。
怒火烧，热血洒战场，共赴国难[2]。

宝岛重返家园，手足情，忘却恩和怨。
同祭黄帝陵，谒拜中山；故乡热土，亲朋期盼。
祖国发展，如日中天，壮丽山河换新颜。
手挽手，图民族复兴，国泰民安。

［注释］

①日寇侵占五十年：甲午战争爆发后，日本侵略者在向中国东北、山东沿海扩大武力的同时，随即移师南下，向澎湖发起进攻，最后清军失败。清政府派李鸿章在日本马关签订了丧权辱国的《马关条约》，从此，台湾被日本帝国主义侵占。从1895年至1945年，达50年之久。直到第二次世界大战结束后，台湾才回归祖国。

②共赴国难：《马关条约》割台的噩耗传到台湾后，全省悲愤，热血沸腾，掀起了一场轰轰烈烈的保家园、抗日寇的

武装斗争。以爱国将领刘永福为首领的抗日武装，举义军数万之众，在台北、台中、台南广阔的战场上，与日寇进行着英勇顽强的斗争，打死打伤敌军 3.2 万余人，日军死伤人数比甲午战争多了近一倍。在战斗中，一大批爱国志士，如姜绍祖、杨再云、袁锦清、李仕高、徐骧等壮烈牺牲，他们的名字永远铭记在人民的心中。

七律

畅游阿里山

乘车畅游阿里山①，穿越道桥密林间②。
晨观日出连云海③，晚眺夕阳落闽南。
巅峰似感秋来早④，山下樱花开满园⑤。
仰望“神木”⑥寿千载，清风长歌话台湾。

［注释］

①阿里山：位于台湾省嘉义县东北，共有 18 座山峰，主峰大塔山海拔 2663 米，山势险峻，风光旖旎，是台湾著名的风景旅游区。

②穿越道桥密林间：游阿里山可乘小火车登山，铁道全长 72 千米，海拔由 30 米盘旋爬升到 2450 米，途中穿越隧道 66 座，桥梁 100 余座，工程极为壮观。铁道两旁古木参天，瀑布、清泉随处可见。

③晨观日出连云海：阿里山的日出云海是台湾八景之一，祝山之巅是观日出的最佳地点，全年 250 多天有云雾弥漫，让游人终生难忘。

④巅峰似感秋来早：阿里山从山脚至山顶温差极大，有热带、亚热带、温带和高山四个林带区域，使游人有一日四

季之感。

⑤山下樱花开满园：阿里山的樱花驰名中外，每年 2 至 4 月为花季，来此登山赏花的游人络绎不绝。

⑥“神木”：在阿里山林区，有一棵古老的红桧树，高 53 米，上围约 23 米，树龄已逾 3000 多年。因生于周公摄政时代，故被称为“周公桧”，尊称“神木”。另外还有一棵“眠目大神木”，树龄已达 4100 余年，被称为“台湾树王”。

七律

明珠赞

宝岛明珠日月潭[1]，碧波万顷水连天。
晨曦晚霞美如画，中秋明月似玉盘。
南山默拜唐三藏[2]，北祭文武二圣贤[3]。
兄弟分离五十载，涵碧酒楼[4]得团圆。

［注释］

①日月潭：位于台湾省南投县水社村，水域面积约7.7平方千米。潭中间有一岛，名光华岛，岛北半部湖形似圆日，南部湖形像弯月，故名日月潭。它像镶嵌在宝岛上的一颗明珠，居台湾八景之首。

②唐三藏：唐代僧人玄奘，俗称三藏法师，河南洛州（今偃师）人。贞观三年（629）西行求法，回国后译经论75部，并将《老子》及《大乘起信论》等译成梵文，传入印度，为中、印文化交流作出了重要贡献。位于日月潭南侧的青龙山麓，有一座玄光寺，寺内供奉着玄奘法师的全身塑像，这里终年香火旺盛。

③文武二圣贤：在潭北面依山而建的文武庙，殿宇气势宏伟，大理石牌楼上书“文武庙”三字，左有“崇文”、右有“重

武”匾额。登楼顶，可俯览全潭景色。

④涵碧酒楼：涵碧楼位于日月潭西北，依山而建，环境清静幽雅。原为台湾省政府招待所，现为高雅别致的西式旅馆，登楼远眺，湖光山色尽收眼底。

香港特别行政区·港游随记

香港这片充满动感魅力的地方，自鸦片战争后被英国殖民者侵占，东西方多国的货船、邮轮打着“自由贸易”的旗号，纷纷涌进维多利亚港口，分享天赐深水避风港的款待。很快，这片昔日的小渔村，发展成了“亚洲国际大都会”，跃居世界三大天然良港之一，香港的大名也蜚声中外，金融、贸易、旅游等各行业，都迅速发展起来。自 1997 年 7 月 1 日中华人民共和国恢复对香港行使主权，至今已有 20 余年。在这段不平凡的日子里，祖国和香港都发生了巨大的变化，祖国大地处处生机勃勃，各条战线，硕果累累，一个独立、富强、开放、发展的东方大国屹立于世界之林。今日的香港，各项事业，迅猛发展，世界一流的国际机场，京九高铁贯穿陆岛，港珠澳大桥把珠江金三角连成一片，一个陆海空立体交叉的交通网络，昼夜不停地运转，随着“一带一路”的开发，它必将为人类的福祉，做出更大的贡献。

满江红 · 香港行

迎着朝阳，乘飞机，抵达香港。
抬头望，高楼摩天，班机起航。
车流似水人潮涌，满目商厦大银行。
好一派，繁荣新气象，人向往。

驾缆车，登南朗①。赤松祠②，烧炷香。
又到赛马场，观众如狂。
太平山③顶览港九，现代文明看机场④。
太紧张，明年庆回归，再来访。

［注释］

①架缆车，登南朗：港岛南岸的南朗山上建有亚洲最大的海洋公园，占地约 10 万平方米，1977 年 1 月建成并开放。因公园分为高、低两处，中间用缆车相连，后来又增设了一条长 200 多米的自动电梯，旅客游览非常方便。

②赤松祠：即黄大仙祠。位于九龙竹园区，建于 1921 年，是一处集道、佛、儒于一处的祠庙，是香港香火最盛的庙宇。庙内供奉主神为道教神仙赤松子，故有“赤松黄大仙祠”之名。

③太平山：又名扯旗山。位于港岛西北部，海拔 552 米，

为港岛最高峰。山顶建有凌霄阁、狮子亭和明仁亭，登亭居高临下，全港景观，尽收眼底。

④现代文明看机场：香港国际机场，位于大屿山北部赤鱲角，占地1248万平方米，移山填海土石方量达347亿立方米。年客、货运输量分别为原启德机场的3倍和6倍。香港国际机场被评为20世纪全球十大建筑之一。

沁园春 · 今日香港

回归十年[①]，再访香港，生机盎然。
看深港两地，车流滚滚；经贸往来，更加频繁。
金融航运，商务会展[②]，到处是热火朝天。
子弟兵，爱民如父母，心心相连。

国际声誉空前，屹立于亚洲最前沿。
当“风暴”袭来，非典蔓延[③]；国之后盾，稳如泰山。
赛马奔驰，游客爆满，社会和谐民自安。
新世纪，踏上新征途，跃马扬鞭。

［注释］

①回归十年：根据 1984 年 12 月 19 日中英两国政府关于香港问题的联合声明，中华人民共和国政府于 1997 年 7 月 1 日恢复对香港行使主权，2007 年 7 月 1 日是香港回归 10 周年纪念日。

②金融航运，商务会展：金融、航运、会展是香港经济的重要支柱。香港是亚洲的金融中心。维多利亚港年吞吐量居世界前列，香港国际机场是世界最先进的机场之一。位于湾仔港湾道北侧海湾旁的香港会展中心，是亚洲第二大型会

展设施，举世瞩目的香港主权移交大典，就是在这里举行的。

③当“风暴”袭来，非典蔓延：香港回归十年，曾经受了亚洲金融风暴和非典肆虐的严峻考验，但在祖国的关怀下，顺利地战胜了困难，充分体现了“一国两制”的优越性。

沁园春·港岛巨变

香港回归，二十余年，港岛巨变。
望太平山下，群楼高耸，巨轮穿梭，进出港湾。
夜幕降临，华灯璀璨，宛如群星落海滩。
港府前，金紫荆广场，红旗招展。

紫金雕像屹立，象征中国行使主权。
雪百年国耻，世代纪念；强大祖国，维港靠山。
改革开放，亚洲前沿，“一带一路”港优先。
翘首盼，迎“两个百年”，举国狂欢。

澳门特别行政区·澳游随记

澳门，原属广东省管辖的一个渔村，史称“濠镜澳”。明嘉靖二十三年（1553），葡萄牙殖民者以“借地”晾晒贡品为名，骗取中国地方官员的许可后，登上澳门，继而于万历年间，实施“以租代借”的阴谋诡计，获得成功。鸦片战争中国失败后，葡商凶相毕露，他们趁火打劫，封闭了清朝设立在澳门的海关，撤销了清属澳门的县衙，驱逐了清朝的驻澳官员，停止向清政府缴纳的“地租”，在岛内驻扎军队，构筑炮楼等军事设施。从 1851—1864 年，分别强占了氹仔岛和路环岛。1888 年，腐败的清政府被迫签订了《中葡通商条约》，至此，澳门整个地区，完全被葡萄牙占领。1979 年，中、葡两国建交，两国确认澳门是中国领土，1997 年 12 月 20 日，我国政府对澳门恢复行使主权，成立了澳门特别行政区，澳门在海外游离了 400 余年，终于回到了祖国的怀抱。

今日澳门，如日中天，百业俱兴，蓬勃发展，旅游博彩，亚洲领先，澳门旅游，盛况空前，2019 年首季，游客超过 1000 万，赛车、赛马，全城充满动感。澳门是中西文化融合的典范，漫步弯曲的街道，随处可见如下景观：一边是古刹庙宇，宏伟壮观，一边是罗马教堂，矗立着冲天的塔尖；一边是欧式洋房，富豪别墅；一边是小桥流水，亭台楼阁；步行街头巷尾，走进中西餐馆，尽情享受，物美价廉……这一切，看起来都是那么和谐，那么自然。

满江红·澳门行

离别母亲，四百年[①]，归心似箭。
盼回归，朝思暮想，望眼欲穿。
一代伟人开新路[②]，迎来一九九九年。
人如潮，烟花漫天舞，夜无眠。

立壮志，谋发展；民为本，国为先。
图强国富民，重任在肩。
而今中华已崛起，但愿九州共团圆[③]。
同祝愿，明天更美好，谱新篇。

［注释］

①四百年：在明朝嘉靖二十三年（1553），葡萄牙人强行登陆，以租占的名义取得在澳门停靠码头、进行贸易的权利。鸦片战争以后，不断扩大范围，先后占领了氹仔、路环两岛。直至 1999 年 12 月 20 日，澳门回归祖国，时间长达 446 年。

②一代伟人开新路：改革开放后，邓小平于 1984 年提出“一国两制”方针，港人治港，澳人治澳，高度自治，为港、澳顺利回归指明了方向，铺平了道路。

③但愿九州共团圆：期盼台湾早日回到祖国大家庭，实现祖国统一的美好理想。

七律

拜妈祖观音有感

濠镜[1]登高望南洋，骤起波涛风雨狂。
妈祖[2]力救船千艘，难御炮舰众列强。
顿时侵吞三座岛[3]，观音忍辱痛断肠[4]。
异乡漂泊四百载，盛世方回母亲旁。

［注释］

①濠镜：澳门原称，亦称濠镜澳。

②妈祖：妈祖又称天后，原名林默，是福建省湄洲岛的一位渔家姑娘，她心地善良，乐于助人，只活了28岁，死后成仙，其神灵常显现于海上，保佑渔民平安，被渔民称为海上神仙。在澳门半岛东南端，建有妈祖庙，每年春节和农历三月廿三日妈祖诞辰，朝拜者络绎不绝。另外，1998年10月，为迎接澳门回归，在路环岛的制高点叠石塘山顶，建成一尊妈祖雕像，高19.99米，重约500余吨，为澳门的新景点。

③顿时侵吞三座岛：系澳门半岛、氹仔岛和路环岛，陆地总面积为25.8平方千米。鸦片战争之后不久，三岛完全被葡萄牙占领。

④观音忍辱痛断肠：指位于美副将大马路中段的观音堂。为澳门现存三大禅院中规模最大的寺庙，建于明天启年间（1621—1627）。这里殿宇雄伟，有三进大殿，最后正殿供奉着观音菩萨，终年香火不断。

参考文献：

1、《中国旅游指南》编著：杜飞豹、杜宁

中国旅游出版社　2003年10月第一版

2、《中国旅游必备》主编：王正华

中国旅游出版社　2002年1月第一版

3、《中华旅游探秘丛书》主编：李睿

北京科学技术出版社　2002年1月版

4、《中国黄金旅游线路从书》主编：周艺文、吴文亮、林可

湖南地图出版社　2001年8月版

5、《中国自助游（2004年升级版）》编著：《中国自助游（2004年升级版）》编辑部

陕西师范大学出版社　2004年1月版

6、《中国革命史简明词典》主编：刘玉田、李龚、许建国

解放军出版社　1986年12月版

7、《中国地图册》

星球地图出版社　2005年6月版

8、《简明历史辞典》主编：阙勋吾

河南教育出版社　1984年10月版

9、《中华五千年》作者：张志峰

中国文史出版社　2006年3月版

10、《中国最美的100个地方》编著：中国最美的100个地方编委会

吉林出版集团有限责任公司　2008年9月版

在此，谨向以上主编、作者、编委表示感谢。

图书在版编目（CIP）数据

旅游诗词赞中华 / 曹忠著. -- 杭州 : 西泠印社出版社，2019.9
ISBN 978-7-5508-2878-0

Ⅰ. ①旅… Ⅱ. ①曹… Ⅲ. ①诗词－作品集－中国－当代 Ⅳ. ①I227

中国版本图书馆CIP数据核字(2019)第210930号

旅游诗词赞中华

曹忠 著

出 品 人 江 吟
责任编辑 张月好
责任出版 李 兵
责任校对 徐 岫
装帧设计 王 欣
出版发行 西泠印社出版社
（杭州市西湖文化广场32号5楼 邮政编码 310014）
电 话 0571-87240396
经 销 全国新华书店
制 版 杭州如一图文制作有限公司
印 刷 浙江海虹彩色印务有限公司
开 本 710mm×1000mm 1/16
字 数 180千
印 张 22.5
印 数 001—500
书 号 ISBN 978-7-5508-2878-0
版 次 2019年9月第1版 第1次印刷
定 价 98.00元